決定版　女人源氏物語　三

瀬戸内寂聴

JN030802

集英社文庫

目次

本書は、一九九二年十月、集英社文庫より刊行された
『女人源氏物語　第三巻』を『決定版　女人源氏物語
三』と改題し、再編集しました。

単行本　一九八九年四月　小学館刊

本文デザイン／アルビレオ

決定版

女人源氏物語

三

玉鬘

たまかずら

夕顔《ゆうがお》の侍女右近《うこん》のかたる

いただいていた里帰りの休暇も終わり、久しぶりに六条院《ろくじようのいん》に参上いたしました。どういうきっかけを捉えて、初瀬《はつせ》でめぐり逢《あ》ったあのおいたわしい姫君のことを、光君《ひかるのきみ》さまに申しあげようかと、その晩は局《つぼね》にこもったまま、あれこれ思案ばかりしていました。

翌日、里帰りからもどった女房たちの中から特にわたくしをお召しくださったので、喜んで御前に参上しました。

「ずいぶん長い里居《さとい》だったね。ひとり者がいつもとちがって、たいそう若返っている。さては何かいいことがあったにちがいないな」

など、光君さまはいつもの悪い冗談をおっしゃっておからかいになります。

「おいとまいただきまして七日余りになりましたが、別にいいことなどございません。初瀬の山へお詣りいたしまして、それはすてきな美しい人を見つけました」

「ほう、それはまたどんな人か」

と、すぐ興味をお示しになりました。まだ紫　上《むらさきのうえ》さまにも申しあげていない話だし、光君さまだけにこっそり先にお話ししたりしたことが後でわかると、紫上さまがお気を悪くなさりはしますまいかと案じられて、

「そのうち申しあげます」

と、お答えしたところへ女房たちがまいったので、その時はそのままになってしまいました。

夜になり大殿油《おおとなぶら》を灯《とも》して、お二方がくつろいで並んでいらっしゃる御様子は、見馴《みな》れた目にも目を見張るようにおきれいでいらっしゃいます。紫上さまは、二十七、八におなりでしょうか。女盛りに輝くほどお美しく、久々にお目にかかったせいか、その間にもまた一段とお美しさが添い増したように艶《つや》やかにお見受けされます。夕顔《ゆうがお》の君ゆかりの姫君を、初瀬ではほんとうにお美しい、紫上さまにも劣るまいなど思ったけれど、気のせいか、こうして見ると、やはり紫上さまのお美しさとは比べものにもなりません。御運のよいのと、悪いのとでは、こうもちがうものかと、つい見比べてしまいます。

光君さまはお寝《やす》みになるとおっしゃって、おみ足をさすらせるため、わたくし

をお召しになったのでした。

「若い女房はこういう役は嫌がるようだ。やはり年寄りどうしは気があって、仲よくするには好都合だね」

など、例によって冗談をおっしゃるので、女房たちはしのび笑いをしています。

「そうかしら。誰だって、御用をするのを嫌がったりするものですか。困った御冗談をおっしゃっておからかいになるから、逃げるのですわねえ」

など、さざめきあっています。

「紫上だって年寄りどうしが仲よくしすぎたら、やはり御機嫌が悪いだろうね。日頃から全くやきもちやきではないとは見えないから、物騒なことだ」

など、わたくしにおっしゃってお笑いになります。その御様子は実に魅力的で、いつものことながらしゃれていらっしゃいます。

今は太政大臣《だいじょうだいじん》という御身分がら、かえって政務多忙というわけでもないので、のんびりお暮らしになっていて、気軽な冗談などおっしゃって女房たちの気持をためされるあまり、わたくしのような年増《としま》の女にまで時々おたわむれになるのでした。

「その見つけだしたというのは、いったいどんな人なのか。尊い修行者でもくどいて連れてきたのかね」

など、からかっておっしゃるのです。

「まあ、人聞きの悪い、そんな男じゃございませんよ。はかなく消えておしまいになった夕顔の露のゆかりのお方を発見したのです」

「ほう、それはまた、あわれ深いことだ。それでこの年月、その方はいったいどこにいたのか」

と、さすがにおどろかれ、声を変えられました。人がいるので、ありのままにも申しあげにくく、それとなく、

「草深い山里でございます。昔の人たちもそのまま、一部はお仕えしていましたので、あの頃の話をいたしまして、いろいろ悲しいことでございました」

「よし、よし、事情をご存じない方もいられるから……。また、あらぬ疑いがかってはね」

など、冗談にまぎらわしておかくしになります。紫上さまは、

「まあ、いやなこと。こちらは眠くて聞き耳をたてるどころではありませんのに」

と、わざと袖で耳をふさいでお見せになります。

「容姿などは、昔の夕顔と比べてどうかね」

「きっと夕顔のお方ほどではないだろうと思っていましたのに、どういたしまして、それはもうお美しくて、亡きお方より一段とすぐれていらっしゃいました」

「それはすばらしい。たとえば誰くらいの器量だろう。このお方とではどうかな」

　と、紫上さまを目でさしておっしゃるので、

「まさか、とてもそれほどでは」

　と申しあげました。

「相当自信たっぷりだな。もっともわたしに似ているとしたら、安心なものだ」

　など、早くも実の親気取りでおっしゃいます。

　この話を聞かれた後では、それとなく人払いしてわたくしひとりをお呼びになり、根掘り葉掘り事の次第を聞かれました。

「そういう次第なら、その娘をここへ引き取ろう。長い年月、行方《ゆくえ》知れずにしたことを可哀《かわい》そうに思って何かにつけて思い出していたので、そういう話を聞くとほんとに嬉《うれ》しい。居所がわかりながら、いつまでも逢わずにいるのも気のきかない話だ。実父の内大臣には、なんで知らせる必要があるだろう。何しろ、あちらは、大勢の御子《みこ》たちがあってその世話で大騒ぎしていられるようだ。そんな中へ、ものの数でもない身で仲間入りしたところで、かえって気苦労をするばかりだろう。幸いわたしは子供が少なくて淋《さび》しいのだから、思いがけない所から自分の娘を捜しだしてきたということにしておこう。女に目のない若者たちにさんざん気を

もませ、気苦労させる種になるよう、その姫を大切に育ててみよう」

など、しみじみおっしゃいます。わたくしとしてはともかく嬉しくて、

「お心におまかせいたします。どうか姫君のためによろしくおはからいくださいませ。内大臣さまにお知らせするにしましても、殿の外にどなたにお願いできましょう。あのようにはかなくお亡くなりになった夕顔のお方さまの御身代わりに、姫君をなんとしてもお幸せにしておあげになりますことが、罪ほろぼしにもなりましょう」

「たいそういいがかりをつけるではないか」

と、苦笑しながらも、涙ぐんでいらっしゃいます。

「思い出すたびに実にあわれにはかない縁であったと、いつも考えていた。こうして六条院に集まっている女君《おんなぎみ》たちの誰と比べても、あれほど一途《いちず》に心ひかれて熱中した人はかつてなかった。命長らえて、わたしの変わらぬ愛を見とどけた人も多くあるというのに、あの人だけは、あんな悲しいことになってしまって、そなただけをあの人の形見に見ているのも残念でならない。長い年月、絶えて忘れることもなかったのだから、その忘れ形見の姫君を引き取ることができたら、ほんとに長年の想《おも》いも叶《かな》う気持がするだろう」

とおっしゃって、すぐさま姫君に、はじめてのお便りをおつかわしになりました。

わたくしがいくら美しいとほめても、筑紫《つくし》の果てで長年落ちぶれて育った姫君の教養やたしなみのこともお気がかりな御様子で、どんなお返事が返ってくるだろうかと、気をもんでいらっしゃるように見えました。

お手紙は、わたくしが退出して届けました。姫君のお召物や女房たちの衣類なども、たくさんお贈りになりました。

紫上さまにも御相談なさったとみえ、御匣殿《みくしげどの》（装束を調える所に仕える女房）などに用意してある品々を取り寄せ、色合わせや仕立てのよいものを選んでくださったので、田舎風に馴れてしまった姫君のまわりの人々には、すべて目を見張るほどに珍しく結構なものと映るようで息をのんでおりました。

姫君としては、これが実の父上からのお気持だったらどんなにか嬉しいだろうに、なぜ見も知らぬ他人のお方の所へ引き取られねばならぬのかと、思いあぐねていらっしゃる御様子が、おいたわしいかぎりでした。

「ともかく、光君さまに引き取られ、御身分のある姫君らしくおなりになれば、しぜん、父上の内大臣さまのお耳にも達しましょう。親子の御縁というものは、決して切れてしまうものではありません。この右近《うこん》など、取るにも足らぬ身ではございますが、それでもなんとかして姫君にお逢いできますようにと念じつづけておりましたら、神仏の御加護があって、こうしてお逢いできたではございませんか。ましてどちらさまも御無事でさえいらっしゃいましたら、きっといつかは御対面も叶いましょう」

と、お慰め申しあげました。

とにかくお返事をと、唐《から》の紙のたいそうよい香《こう》を薫《た》きしめたのを取り出して、お書かせしました。

光君さまはそれを御覧になって、

「まだたどたどしい字だけれど、なかなか気品があって見所があるようだね」

と満足そうにおっしゃいましたので、わたくしもほっといたしました。

「ここへ連れてくるにしても、紫上のいるところでは、人の出入りも多いし、晴れがましすぎよう。中宮《ちゅうぐう》（秋好《あきこのむ》中宮）のいらっしゃるところは普段は静かでいいけれど、中宮のお付きの女房とまちがえられても困る。やっぱり、花散里《はなちるさと》の方の住む西《にし》の対《たい》の書庫をどこかへ移して、あそこに住まわせよう。花散里の方はあいうおだやかなやさしい人だから、きっと親身に面倒を見てもらえるだろう」

と、こまごまお気を遣われるのも、実の父上以上とお見受けしました。

紫上さまにも、御機嫌のいい時を見はからって、ごく自然に昔のことからお打ち明けになりました。たまたまわたくしは、その夜もお腰をもませていただいておりましたので、おふたりのお話をお聞きしてしまいました。

「そんなにお心に深く秘めていらっしゃることを、今までずっとかくしていらっしゃるなんて……」

紫上さまがお恨みするのに、

「それは無理というものです。もうとうに死んでしまった人のことを、訊《き》かれもしないのにわざわざ話すことはないでしょう。こうした機会に、かくさずすっかりお話しするのも、あなたのことを格別に思っているからじゃありませんか」

と、さも感慨深そうに、夕顔の君のことを思い出していらっしゃる御様子でした。

「他人《ひと》のこととしても、ずいぶん目にしてきたものですが、それほど深く愛しあっている仲でなくても、女というものの執念の深さをこれまでつくづく見てきたので、自分は決してこれ以上恋愛沙汰は起こすまいと心に誓っていたのですが、ついかかわってしまった中には、身分ちがいでふさわしくない女もたくさんいました。

その中で、しみじみいとしく可愛《かわい》かった点では、あの人が一番でした。もし生きていたら、明石《あかし》の方くらいには、扱わずにはいられなかったでしょうね。つきあった女人《にょにん》たちの気質というのは、それぞれにとりどりでした。あの人は才気があって気が利くというようなところはなかったかわり、ほんとうに品がよくて、素直で可愛らしい人だった」

などおっしゃるのでした。紫上さまは、

「さあ、どうかしら。それにしても、明石のお方と同じなどには決して御寵愛《ごちょうあい》はなさらないと思いますわ」

と、嫉妬めかしくはなく、ちくりと皮肉をおっしゃるのが、またなんとも言われないほど、色っぽく見えるのでした。やはり紫上さまは、明石のお方には格別の思いを持っていらっしゃるようです。

それは九月のことでした。姫君がお渡りになるのは、そう簡単にすらすらといくものではありません。乳母《めのと》はまず女房を集めなければなりません。筑紫では、京から流れて来たというような気の利いた女たちも幾人か集めていたのだけれど、急な出発でみんな置いてきたといいます。

なんといっても京は広いので、頼んでおけば市女《いちめ》などが適当な女たちを探し出してきます。一応、わたくしの五条の里にお連れして、そこで支度万端を調え、十月に入ってから、ようやく六条院へお移りの運びになりました。

お預けになられた花散里のお方は、光君さまの大切になさる女人のお一人ながら、地味なお人柄で、一向に華やかなところがおありにならないお方です。亡き桐壺院《きりつぼのいん》の女御《にょうご》のお一人だった麗景殿《れいけいでん》の御妹君に当たられ、宮中にいられた時、光君さまとの御縁が結ばれたとか、洩《も》れ承っております。

光君さまが愛される女君は、どなたさまも並々の御身分ではなく、それぞれにすぐれた魅力をお持ちの方々でございます。失礼な言い方ながら、花散里のお方は、紫上さまや明石のお方などと比べて、御器量はとりたてて美しいというわけでもないのに、光君さまが並々でなく大切にあそばされるのは、お人柄のゆかしさのせいだろうと、下々の女房などまで話しあっています。

六条院へお集めになった方々は、光君さまの愛される女人の中でも格別に深いお気持をかけられた大切な方々とお見受けします。その中に加えられたのですから、花散里のお方を光君さまが、どれほど重んじていらっしゃるか想像がつきます。御長男の夕霧《ゆうぎり》さまをこのお方にお預けしてお世話をお願いになったのもお人柄を見こまれてのことでしょう。

花散里のお方は、光君さまが夕霧さま同様、世話してやってくださいと姫君をお願いなさいますと、御自分も淋しさがまぎれますと、素直に喜んでくださったということでした。わたくしも、何よりの所に落ち着かれると、ほっといたしました。

今度いらっしゃる姫君が、光君さまの御娘分の方とも知らない六条院の女房たちは、かげで、

「また、どういう人を捜し出してこられたことやら。ほんとに困った骨董《こっとう》趣味のお癖があるわね」

など嫉《や》っかみ半分でささやきあっています。

車三両ほどのお支度でいよいよお移りになりました。わたくしがついていながらと、光君さまになじられては面目もありませんので、わたくしも精一杯に気を遣いまして、女房たちの身なりなども、せいぜい田舎じみないよう気を配りました。光君さまから、綾《あや》やその他のさまざまの衣料や布地の御配慮が、いつものことながら充分にございました。

その夜、早速、光君さまは姫君の所へお越しになりました。昔から光源氏《ひかるげんじ》などというお名は、耳にしつづけていても、兵部《ひょうぶ》の君《きみ》のような女房たちは、都を遠く離れての長年の田舎暮らしで、そんなお方を現実の人として想像もできなくなっていただけに、ほのかな大殿油《おおとなぶら》の光で、御几帳《みきちょう》のすきまから、かすかにお見上げしただけで、そのお姿のあまりのお美しさに、ただもう恐懼《きょうく》しきった風情でした。

わたくしが、お入りになる妻戸《つまど》を押し開けますと、

「この戸口から入ると、心がときめくね。まるで恋人に逢いにゆくようで」

など、いつもの御冗談をおっしゃりながら、素早く几帳を少し押しのけて、つと覗《のぞ》きこまれます。その手際のよさはさすがと、おかしくなりました。

姫君が恥ずかしさのあまり顔をそむけていらっしゃる御様子の美しさに、すっかり御満足なさったらしく、

「もう少し灯《ひ》を明るくしなさい。これではあまり思わせぶりすぎる」

とおっしゃいます。わたくしが灯心をかきたてて、少し姫君のほうへ燭台《しょくだい》を近づけました。

「恥ずかしがりやさんですね」

と、ちょっとお笑いになりながら、なるほど夕顔の君に似ているねと、わたくしにだけわかる表情を見せて、うなずいていらっしゃいます。すっかり親らしい打ちとけたお言葉で、

「長い間、あなたの居所がわからないので、ずっと忘れる隙《ひま》もなく心配していたのですよ。こうしてやっとお逢いしても、まだ夢のような気がします。それにつけても昔のあなたの母君のことなど思い出されて、なんとも悲しくてたまらない」

とおっしゃって、目がしらをお拭きになるのでした。わたくしもあの怪しい院での昔の出来事が昨日のように思い出され、もらい泣きしてしまいました。

「親子の仲で、こうも長く逢わないでいた例もないでしょう。つらい前世からの宿縁でしたね。それにしてもあなたも、もう、ただ初々《ういうい》しく子供じみていらっしゃるお年でもないでしょうに、どうしてそう、黙ってばかりいらっしゃるのですか。いろいろつもる物語もうかがいたいのに」

と恨めしそうにお責めになります。姫君は、ただもう消え入りそうになさって、

「まだ立ち歩きさえできない小さい時から、筑紫の田舎に身を沈めてしまいましたので、何もかもはかなく夢のように過ぎまして」

と、かすかにお答えするお声が若々しく、亡くなったお方をひしひしと思い出させます。

「御苦労なさったことを、可哀そうにと思う人も、今はわたしをおいて誰がいるでしょう」

と、光君さまはしみじみお慰めになるのでした。

お帰りになる前に、わたくしに色々こまやかに指図なさって、お送りに出た時、

「なかなかしっかりしてるじゃないか。それに目もとがほんとうによく似ているね」

と、満足そうにささやかれたことでした。

紫上さまにも、姫君が想像以上に美しく聡明《そうめい》そうだとお話しになり、

「あの姫君をうんと大切に飾りたてて、うちへ集まる好色者《すきもの》たちの取りすました顔をあわてさせてやりたいものだ。見ものですよ」

などおっしゃるのに、紫上さまは、

「変な親御さまですこと。何より先に殿方の気を引くようなことを考えつかれるなんて、いけないお方ね」

と、笑っていらっしゃいます。

「ほんとは、あなたをこそ、そんなふうにして男たちを迷わしてみるのでしたね。あの頃は、わたしにそんな大人びた考えもなくて、いきなり妻にしてしまって残念なことをした」

とお笑いになります。紫上さまがいやなお方というふうに赫《あか》くなって横を向かれたのが、この上もなく若々しくお美しいのでした。

光君さまは、硯《すずり》を引き寄せ、

「恋ひわたる身はそれなれど玉《たま》かづら
　いかなるすぢを尋ね来つらむ」

と書かれながら、つぶやかれました。

夕霧中将さまにも、御自分の娘が見つかったというふうにお話しになったので、生真面目《きまじめ》な夕霧さまは、玉鬘《たまかずら》の姫君のところへ御挨拶においでになり、

「ふつつか者ですが、こういう兄弟がいると、まっさきに呼びつけてくださるべきでした。引っ越しの時も、なんのお手伝いもできず残念です」

とおっしゃるので、聞いていて、こちらはお気の毒でいたたまれない思いがします。

今となっては、あの田舎者になりきっていた三条《さんじょう》までが、

「ほんとにまあ、筑紫の大弐《だいに》なんてたいしたことありませんね。ましてあの大夫《たゆうの》監《げん》の下品でいやらしいこと、思い出してもぞっとしますわ」

など、けろけろ言いだす始末です。

豊後介《ぶんごのすけ》が九州以来、どんなに誠実に忠義を尽くしてくれたか、わたくしも事毎《ことごと》に光君さまにお話ししておきました。光君さまは、豊後介の忠誠の報いに、姫君の家司《けいし》をお命じになりましたので、豊後介は御厚情に感激して、この上なく名誉なお役目と、晴々と勤め励むのでした。


こうして、やがてその年も暮れました。玉鬘の姫君にとっては、信じられないような御身の上の大変動の一年でした。

光君さまは、新年のお部屋飾りや人々の衣裳《いしょう》についても、玉鬘の姫君と、他の方々を同様に扱って御配慮あそばすようでした。

御器量は思いのほか美しかったけれど、何しろ田舎育ちだから、衣裳の趣味や感覚はどうかなとあなどられて、仕立て物を姫君のほうへ贈られるついでに、御自分で選んであげようと、職人がそれぞれ腕を競って織りあげてきた織物類を、そこへみんな並べて御覧になりました。

「なんとまあ、たくさんあるのだろう。御殿の内の方々に、公平に分配しないといけないね」

と、紫上さまにおっしゃいます。

紫上さまは御匣殿で仕立てさせたものや、御自分でお作らせになったものも、みな取り出してお見せになりました。紫上さまは染色もお上手で、世にも珍しい色や艶をお染めになるので、誰もみな御尊敬申しあげずにはいられません。

艶出しした打衣《うちぎぬ》のあれこれを光君さまは比べて御覧になり、濃い紫や紅などをいろいろ選び出されて、御衣櫃《みぞびつ》や衣箱《ころもばこ》などに入れさせるお側《そば》に、年とった上臈《じょうろう》の女房たちがひかえていて、これはあそこ、あれはこちらなど取り揃《そろ》えて入れてゆきます。

紫上さまも御一緒に御覧になっていて、

「どれも優劣のない、いい品ばかりですから、いっそお召しになる方々の御器量に合わせて、お選びになってあげてくださいな。お召しになったものが御容姿に似合わないのはみっともないものですから」

とおっしゃいます。光君さまはお笑いになって、

「そんなことを言って、それとなく人々の器量を推察しようという魂胆なのでしょう。それではまず、御自分はどれが似合うと思われるのですか」

とおっしゃいますと、

「そんなこと、鏡で見ただけで、わかりっこありませんわ」

と、さすがにはにかんでいらっしゃいます。

光君さまが次々お選びになってゆくのを、わたくしどももお端にいて拝見させていただきました。

紅梅のはっきりした紋様の浮かんだ葡萄染《えびぞめ》の御小袿《おんこうちき》と、当世風の濃い紅梅色のとりわけ見事なのは、華やかな紫上さまのお召料《めしりよう》に。桜襲《さくらがさね》の細長《ほそなが》に、艶のよく出た掻練《かいねり》を添えたのが可愛らしい明石の姫君へ。薄藍色に波や藻、貝などを取り合わせた紋様の小袿は、織り方はなまめかしいけれど、色合いが落ち着いて見えます。それにごく濃い紅《くれない》の掻練を添えて地味な花散里のお方にと、お指図なさいます。

さて、いよいよ曇りもない鮮やかな赤の袿に、山吹襲《やまぶきがさね》の細長を添えて、目のさめるようなそのお召物を、

「西の対の姫に」

と、取りわけてくださいました。

紫上さまは、その色合いで、玉鬘の姫君の御容姿の美しさをはかられたように、かすかに顔色をお変えになっていらっしゃいます。内大臣に似ていかにも派手やかでぱっと目立つなかに聡明さがあり、なまめかしくはないのだろうとでも御想像なさったのでしょうか。紫上さまのお顔色を素早く読まれた光君さまは、

「まあ、人の器量を衣裳から想像するのは、当人の御機嫌をそこねかねないことです。いくら、きれいだといっても、衣裳の色には限度があり、人の器量はたとえ悪くても、それぞれにやはりとりどりの深味もあることだから」とおっしゃって、二条院《にじようのいん》にお引き取りになった末摘花《すえつむはな》のお方には、柳の織物に趣のある唐草模様を織りだしたあでやかなのをわざとお選びになって、ひとり苦笑していらっしゃいます。このお方は高貴のお方なのに、御器量がお気の毒なほど変わっていらっしゃって、普賢菩薩《ふげんぼさつ》の乗り物の象のようなお鼻の先が赤いということが、誰いうとなく伝わって、わたくしども女房たちも、今では誰知らぬものもないのです。

どうしてああいうお方をお捨てにもならず、いつまでも手厚く御面倒を見ておあげになるのだろうと、女房たちはつまらないせんさくなどしております。あまりといえば御器量とそぐわない優美なものをお選びになったのは、光君さまのいたずらで、なんだか末摘花のお方がお可哀そうに思われました。

同じ所にお引き取りになった空蟬《うつせみ》の尼君《あまぎみ》には、青鈍《あおにび》の織物のたいそう趣のあるのをお見つけになり、御自身の御料 梔子色《くちなしいろ》の袿に、濃い紅梅色を添えてお選びになりました。

このお方も尼君になられてからお引き取られになったお方で、もとは伊予介《いよのすけ》の北の方でした。よくよく御因縁の深いお方なのでしょう。

梅の折り枝に、蝶《ちょう》や鳥が飛び交っている模様が織りだされた、異国風のしゃれた白い小袿には、濃紫の艶やかなのを重ねて、明石のお方にお届けになりました。見るからに高雅なお人柄がしのばれるその個性的な御選択に、紫上さまの御表情がかくしようもなくこわばっていらっしゃいました。

やはり紫上さまは、抑えてはいらっしゃっても、あの辛《つら》いお留守の時に、明石で光君さまが御一緒になられたお方を、決して心の中では許していらっしゃらないのでしょう。その上、御自分には御子さまが恵まれないのに、明石のお方には姫君がお生まれになったことも、人には言えないくやしい想いを噛《か》みしめておいでなのかもわかりません。はしたないそんな想像を、ついしてしまうような、紫上さまの険しい御表情を、見てしまったのです。

それも一瞬のことで、さすがに紫上さまは、御自分のそんな感情をとっさになだめられて、つとめて華やかな明るい表情で、その場の賑《にぎ》やかでうきうきした迎春の支度の雰囲気をこわすまいとされた御様子です。こんな御聡明なところが、光君さまにはやはり誰にも増して魅力があり、最高のおもてなしをせずにはいられないのだろうとお察しいたしました。

玉鬘の姫君も、こういうお方に親しく御教育いただいたら、どんなに御立派な姫君になられますことか。
それにつけても、まちがっても、光君さまの例の好色心《すきごころ》の御対象にだけはなら
ないよう祈るばかりです。
元旦の朝は、一ひらの雲もなく晴れ渡り、この上なくうららかに明けました。
去年に比べてなんというのどかでありがたい正月を迎えたものよと、西の対の
人々は、玉を敷き並べたかと思われるような美しい六条院の庭を見て夢心地で、
夢ならさめないでほしいと語りあっています。
斑《むら》消《ぎ》えの雪間に若草がはやくも緑の色をのぞかせ、梅の香が御簾《みす》の内の薫物《たきもの》と
まがうばかりに漂いみちて、極楽浄土とはここかと思わずにはいられません。
まだ六条院のお暮らしに馴れないながら、西の対の姫君のあたりは、すでにし
っくりと迎春の飾りも落ち着き、可愛らしい女童《めのわらわ》や、着飾った女房たちの数も
多く、賑やかな雰囲気でいきいきしております。
玉鬘の姫君は申し分なくお美しく、例の山吹襲の晴着が、一段と御器量をひき
たてて、いっそう華やかにあでやかで、どこからどこまで艶やかに魅力的に見え
るのも、さすが、光君さまの御衣裳選びのお目の高いことよと感じ入らされます。
筑紫での御苦労のせいか、髪の先のほうがすこし少なくて、さらりと御袿の裾

にかかっているのが、たいそうさわやかで、かえって風情があります。どことい って非の打ちどころのない水際だった美しさに、女のわたくしでさえうっとりと 見惚《みと》れずにはいられません。

ましで、夕方になって女君の方々を年賀に見舞われた光君さまが、こちらにも 渡られ、玉鬘の姫君を御覧になったお目には、どうお映りになったことかと想像 されます。

わたくしは、相変わらず紫上さまのお付きの女房ですけれど、特別の御配慮で、 まだ万事不馴れな西の対の玉鬘の姫君のお世話も申しつかっております。

元旦も、光君さまのお年賀をお迎えするため、早くから西の対にまいっていた のでした。

光君さまは、

「こうしてお逢いしていると、まるでもうずっと昔から御一緒に暮らしてきたよ うな不思議な気がしますね。しかしよく考えてみれば、わたしたちは血のつなが りのない他人なのだから、いっそう不思議な想いがします。あなたも長い苦労が 報われて、今はもう何事も思うままになる時が巡ってきたのですから、遠慮しな いであちらの対へも遊びにいらっしゃい。紫上から琴の手ほどきを受けている幼 い姫もいますから、一緒にお稽古をなさるのもいいと思いますよ。あちらは、無神経に軽々しいことを言うような人たちは、ひとりもいない所ですから」

と、あくまで親身におさとしになられます。

姫君のほうは、やはりまだどこかすっかり打ちとけてしまうということもできず、つつましくひかえめになさっているのが、かえって光君さまのお目には、新鮮にお映りになるのではないでしょうか。

あれこれと将来のことなど、とりとめもなくお話しなさり、なかなか立ち去りがたい御様子で夕暮れまで、こちらにいらっしゃいました。

夜は明石のお方の所でお過ごしになるおつもりなのでしょう。

お見送りに出たわたくしに、

「親らしくするのも、なかなか辛いものだね」

と、意味ありげにおっしゃったお目の中に、例のなやましい、あやしい光が漂っているのを見て、先が案じられると、わたくしはつい大仰にため息をついてしまいました。

「大丈夫だよ。取越し苦労をすることはない」

光君さまは明るくお笑いになって、扇の端でわたくしの肩を軽く突かれ、すたすたと夕闇の中へ立ち去ってゆかれました。

蛍

★

ほたる

玉鬘《たまかずら》のかたる

おかあさま、あなたの魂は、どこにいらっしゃるのでしょう。夕顔《ゆうがお》の花のようにあえかで、いじらしかったといわれるあなたは、あの世とかでも、誰からも好かれて、ことわりきれず、困っていらっしゃるのでしょうか。

せめて、あなたに夢の中でもお逢《あ》いしたいと思うのに、あなたのおもかげを一向に覚えていないわたくしには、夢ですれちがっても、あなたと見わけることができないのです。

右近《うこん》やあのお方は、日増しにわたくしがあなたに似てくると申します。

今日も五月雨《さみだれ》があがった後のしめやかな夕暮れ時、いつものようにふっと風のように西《にし》の対《たい》にいらっしゃったあのお方は、手習いをしていてうっかり気のつかぬわたくしのすぐそばまでお入りになっていて、びっくりさせられました。あわ

てて起き直って顔を隠すわたくしに向かって、

「去年の十月、はじめてお逢いした時は、こんなにまで似ているとも思わなかったのに、こうして身近に暮らしているうち、時々、はっと、まるで生き写しだと思う時があります。夕霧中将《ゆうぎりのちゅうじょう》が母の葵上《あおいのうえ》に全く似ていないので、親と子といっても、案外、似ないものと思っていましたが、あなたと夕顔の君のような瓜《うり》ふたつの母娘も世の中にはいるものなのですね」

と、しみじみと涙ぐんでおっしゃるのです。

それればかりか、

「長い歳月、亡くなったひとのことが忘れられず、想《おも》いつづけてきた歳月の果てに、こうしてあなたのお世話をできる日々が恵まれるなど、夢ではないかと思います。たとえ夢であっても、あなたに寄せるわたしの想いは耐えきれるものではない。お嫌いにならないでくださいよ」

とおっしゃるなり、つと、わたくしの手をとって引き寄せておしまいになったのです。

わたくしは気味が悪いばかりでうちふるえて、かといって、あまり邪険にふり払いもできず、ただもう、このまま息が止まってしまうかと思っていました。

「どうしてそんなにふるえていらっしゃるのです。そんなにわたしがお嫌いなのですか。あなたを去年の十月、この六条院《ろくじょうのいん》へ引き取った時は、ただもう、あなたにめぐりあえたありがたさを神仏に感謝して、あのような心残りな死に様《ざま》をさせた薄幸な人の代わりに、生まれ変わりのようなあなたを、この世で最も幸せな姫君にしてあげようと、ひたすら一途《いちず》に思いこんだものです。実の父上にも渡さず、わたしの手許《てもと》に引き取ったのも、そのほうが今のあなたにはいらざる苦労をさせないという確信があったからなのですよ。それ以来、真実の父親のように純粋な清い愛で、あなたのお世話をしてきたつもりです。

その心に変わりはないけれど、あなたがあまりにも恋しい亡きひとに似ていらっしゃるので、あのひとへの昔の恋の想いが、久々によみがえって、ふっとあのひととあなたのけじめもなくなることがあるのです。この頃では夢にあのひとと睦《むつ》みあっていると思ったら、いつのまにか相手があなたに替わっていたりするのです。恥ずかしいことだけれど、この年になって、夜も昼も、夢の中までも、あなたのことを思いつづけているのですよ」

とんでもないことを耳許でしめやかにささやかれ、わたくしはもう気を失いそうになっていました。この頃では、なぜか右近や女房たちも、わたくしたち二人を残して、どこかへ身を隠すようにしていることが多くなりました。

大きな声をたてるのもあまり子供っぽいと思い、ただ袿《うちき》をひきかぶって、わなわなふるえているばかりなのです。

おかあさま、ああ、あなたさえ生きていてくださったら、こんな恥ずかしい目にも遭わずにすみましたものを。

あのお方が、こんな怪しいことをおっしゃるようになったのは、この春の頃からでした。

はじめは、

「この六条院に欠けているものは、若い公達《きんだち》の心をそそる年頃の姫君がいないことだけだった。そこへあなたがあらわれたのだから、これでもう満足です。今に、若い魅力的な公達が、競争であなたに恋文《こいぶみ》を送ってきますよ」

など、愉《たの》しそうにおっしゃっていたのです。そして、本当にわたくしのところには、いつからともなく、見たこともないお方たちから、恋文が降るように集ってきはじめたのです。

わたくしは殿方には興味もないし、どのお手紙も立派な筆跡《て》で歌もすばらしく、とても田舎育ちのわたくしなど恥ずかしくてお返事も書けないものばかりなので、すべて右近まかせにしておりました。

あのお方は、わたくしを訪ねて西の対にいらっしゃるたび、右近からそれらの恋文を取りあげ、一々検閲なさり、これには返事を差しあげたほうがよいとか、この手紙は読み捨てのほうが相手のためだとか、こまごまお指図なさるのです。

わたくしは、それには素直には従いがたい想いもあって、聞こえないふりをしてとぼけていました。するとあのお方は、右近をわざわざお呼びつけなさって、

「よく人柄を選んでお返事するよう気をつけてあげなさい。ここに来ているこのしっかり結ばれた手紙は、いったい誰からなのですか。姫に訊《き》いても返事もなさらない。恋文にはよほど注意しないといけない。あんまり易々《やすやす》お返事するのは、軽々しくはしたなく思われるし、そうかといって真心のある手紙に対して、あんまりそっけないのも、やさしさや情がない女のようで風情がなさすぎて、姫君らしくもない。そこのところの兼ねあいが難しい。そなたがしっかりして、その梶《かじ》をとってあげなければ」

と、くどくどとおっしゃるのです。右近は笑いながら、

「決して、お手紙のお取次ぎなどはいたしておりません。前々から御覧いただきました三つ四つのお手紙のうち、お取次ぎしないのも間の悪い想いをおさせするようなものは、お受取りだけはいたしております。お返事などは、光君《ひかるのきみ》さまからお許しのないかぎり、決して差しあげておりません。それさえ、姫君はとても嫌そうになさいます」

と言いました。

あのお方が御覧になって、お返事せよといわれるのは、異母弟に当たられる兵部卿宮《ひょうぶきょうのみや》さまと、髭黒右大将《ひげくろのうだいしょう》からのお手紙でした。

「たくさんの兄弟の中でも特に仲のよい弟でしたが、恋の道にかけてだけは秘密主義の人で、何も打ち明けない人でした。北の方が亡くなって三年になります。この年になって、こんなに御執心を情熱的にお見せになるとは感動的なことです。やはり、こちらにはお返事を差しあげなさい。多少とも恋の情のわかる女にとって、あの宮のほかには、とても相手になさる人があろうとも思われませんよ。なかなか味わいと風格のある魅力的なお人柄ですよ」

と、まるでそそのかすようにおっしゃるのでした。わたくしは顔をそむけて聞こえないふりをしていました。髭黒右大将も、武骨な一本気なお人で誠実な方なので、粗略に扱わないようにとおっしゃいます。でも、年上の北の方のいらっしゃる右大将など、わたくしにとってなんだというのでしょう。

本当の父親なら、娘に向かってこんなことを言うかしらと、わたくしは逢ったこともない実の父の内大臣に、やはり一日も早く逢いたいと切なく思うのでした。

「この若々しく結んだままの文は誰からなのか」

あのお方は、さっきから気にしている結び文を開いて御覧になっていらっしゃいます。

「うむ、なかなか見事な筆跡だ」

「それは、使いの者がしつこく置いていったものでございます。内大臣さまの御長男の柏木中将《かしわぎのちゅうじょう》さまが、こちらにお仕えしている女童《めのわらわ》のみるこを使ってなさったことでございます」

「ほう、それはまたいじらしいことだ。官位はまだ低くても、あの中将は、なかなかしっかりした落着きのある人物です。内大臣の息子たちの中でも抜群だろう。こちらの姫とは実の姉弟という関係は、いずれ自然な形でわかる時もくるだろうが、それまでは、まだはっきりさせずにおいたほうがいいだろうね。それにしても、なかなか見事な書きぶりだ」

と、しきりに感心なさっていらっしゃるのです。実の弟から恋文をもらうなどという怪しげな立場はほんとに不自然です。いったいいつになったら、実の父と親子の名乗りをさせていただけるのでしょうか。

あのお方にそんなことは、おくびにも出せません。

それなのに、あのお方は次第に、親らしからぬことをささやいたり、したりなさるようになったのです。

「わたしを亡き母上と思って、なんでも打ち明けてください」

などとおっしゃりながら、その一方、怪しいことをしきりにおっしゃるようになったのです。

夕方までしとしとしていた雨もすっかりやみ、風の音が竹の葉をさやがせ、はなやかにさし昇った月光が廂《ひさし》の奥までほのかにさしておりました。

女房たちが来ないのをどうおとりになったのか、あのお方は、着馴《きな》れて柔らかくなったお召物の衣《きぬ》ずれの音をたいそう上手にまぎらわして、するりとお脱ぎになり、わたくしのすぐそばに近々と身を寄せて添《そ》い臥《ぶ》しなさったのです。わたくしは呆《あき》れて息が止まりそうでした。

「どうしてそんなにお嫌いになるのですか。わたしは上手に自分の心を隠して、誰にも気づかれないように苦心しています。あなたも人にはつとめてさりげないふうをしていらっしゃい。今までの亡き人の形見としての親子の情に、また更に恋の想いが加わったのですから、世にもためしのない恋心です。これほど深い心であなたを想う者が、世の中にあろうかと思うにつけて、あなたに恋文をよこすどの男たちにも、もうあなたを渡したくなくなってしまうのです」

など、切々とかきくどかれるのです。こんな浅ましいことが、あっていいものでしょうか。

ああ、おかあさま、わたくしはどんなに似ているといわれても、あなたではないのです。あなたは天性のやさしさと素直さで、目の前にあらわれた男の情熱にほだされやすい方のようでした。そうなるには、わたくしは幼い時からあまりに世間の苦労をし過ぎています。

こんな、まるで物語の姫君のような不思議な今の境遇に、どうしても馴染めないのです。いつでも、これは夢で、夢は今にさめるものと不安がつきまとっているのです。

こんなことが女房たちに気づかれたら、どう思われることでしょう。清らかそうなふりをした親の陰に、こんな黒々とした野心を隠されていたのかと思うと、情けなく涙がこぼれます。本当の親のそばにいたならば、大切にはされなくても、こんな情けない目には遭わずにすんだものを。

「こうまで嫌われているとはなんという辛《つら》いことだろう。まったく見知らぬ他人でも、世間の男女の仲のならわしでは、女は恋されれば誰にでも身を許すのに、こんなに長く親しく睦みあって暮らしていたわたしが、この程度のことをするのを、どうしてそうまで嫌がられるのでしょう。

これ以上無体なことは決してしはしません。どうしようもなく、こらえようのない恋しさを、ただこうして、おそばによってまぎらすだけなのですよ」

と、心をこめてしみじみとやさしくかきくどかれるのです。

「こうして近々と添い臥してみて、いっそうあなたが、亡き母上に似ていらっしゃるのを感じます。まるであの人との昔の時がよみがえったようだ」

石のように硬くなったわたくしを骨もくだけるかと思うほど、ひしと抱きしめられ、しばらくわたくしの髪の中に顔を埋めていらっしゃいましたが、

「こうしていると、もう自制ができなくなりそうだ」

とつぶやかれ、つと、わたくしを放してくださいました。

「これ以上お嫌いになられたら、どんなに辛いでしょう。ほかの人なら、こうまで夢中になりはしませんし、こんなにぼんやり捨ててはおきませんよ。あなたには底知れないほど限りない愛情を覚えているので、人のとがめるような無体な振舞いは決してしません。ただ亡きあの人が恋しくてたまらないその慰めに、折節あなたと打ちとけたお話がしたいのです。そのおつもりで昔の人のようにやさしく応えてください」

と、しんみりおっしゃるけれど、あまりの成行きに、わたくしはただもう度を失って泣くばかりでした。

女房たちが変に思ってもいけないからと、あまり夜も更けぬうちに立ち去られました。

「まさか、こうまで嫌われているとは思わなかった。よくもまあ、こうまで嫌われたものですね」

嫌味なことを言い捨てて、

「今夜のことは決して人に気取られぬように」

など、勝手なことを言い残して出てゆかれたのです。

年こそとっていても、わたくしは男女の仲のことなど一向に無知な上、恋愛中の男女の様子など身近に見たこともないので、もうこれ以上の、男女の睦みようがあるとも思われず、操《みさお》を失ったと思いこんで、病気のようになってしまいました。

おかあさま、あなたさえ御存命なら……こんな時にこそ力になってくださるのではないでしょうか。乳母《めのと》にも右近にも打ち明けることができず、ひとり悶々《もんもん》と悩むのでした。

一度知らせてしまったからというお気持が楽にさせるのか、あのお方はそれ以来、つとめて女房たちを遠ざけ、そんな機会を捉えては、うるさく嫌なことをおっしゃるのです。かりにも親という立場をおとりになった方のなさることでしょうか。

それとも知らず、兵部卿宮さまや髭黒右大将は、あのお方が自分の味方のようだと聞きこまれて、前にも増して熱心に恋文をよこされます。

柏木中将は、真実の姉だとも知らず、相変わらず恋文をよこし、夜など御殿のまわりをうろついているなどという噂《うわさ》を聞くと、情けなくて涙がこぼれます。あの筑紫《つくし》の大夫監《たゆうのげん》のおぞましい執心の求婚とは比べようもないことだけれど、今のわたくしの辛さはとても他人には話せないので、悲しさはあの時以上とも思われるのです。

かといって、二十二歳にもなって、あまりきっぱりした拒絶の態度を見せるのも大人気ないと、それとなくあのお方の御無体な要求をそらせてしまうのに、ほとほと心が疲れ果てました。

五月雨の頃になって、兵部卿宮さまはいっそう熱心にお手紙をよこされ、

「せめて、おそば近くに上がるだけでもお許しください」

と、言って来られました。あのお方はいつものようにそのお手紙を面白そうに点検なさり、

「なに、心配することはない。こんな方が想いを寄せられるのは、さぞ風情があるだろう。あんまり無愛想な返事はなさらないように」

と、ぬけぬけとおっしゃって、

「お返事は時折差しあげなさい」

など、親ぶってお指図なさるのです。もうたまらなく不快になり、わたくしはそんなお手紙を見向きもしないのでした。

わたくしのまわりの女房たちには、家柄のよい、頼みになるほど教養のある者など少のうございます。ただ、おかあさまの叔父《おじ》さまにあたる参議になられたひとの娘で、落ちぶれていたのを捜し出して、来てもらっております。宰相《さいしょう》の君《きみ》といって気立てもよく、上品で字も上手なので、わたくしの代筆役になっております。

あのお方はわたくしが強情で言うことをきかないので、宰相の君に命じて、書き方などこまごまと教えられ、御返事をお書かせになります。

宮さまがどんな反応を示されるか、興味をもって愉しんでいらっしゃるようなところがあります。

わたくしはこんな物想いが増してからは、兵部卿宮さまのお手紙も、心にとめてこっそり拝見する気持が生まれていました。別に宮さまをお慕わしいと思うのではなくて、もし、このわずらわしい関係から逃れる手だてにもなるならばと、宮さまとの結婚をあのお方のけしからぬ御執心を逃れるよすがにと考えはじめたからです。

ある夜、宮さまは、宰相の君の代筆した色よい返事をお喜びになり、殊の外お忍びの御様子で西の対へ訪ねていらっしゃいました、こちらではあのお方が、その成行きを見てやろうと、手ぐすねひいて待っていらっしゃるともご存じなく。

女房が、廂の妻戸《つまど》の間《ま》にお茵《しとね》をさしあげ、お通しいたしました。わたくしとのへだては几帳《きちょう》だけで、恥ずかしいほど近い御座所《ござしょ》なのです。すべてはあのお方のお指図通りに、女房が設営したのですから、わたくしの気持などは無視されております。

部屋にくゆらす空《そら》だきものの薫《かお》りまで、あのお方はひとつひとつ御自分で吟味され、濃いとか薄いとか女房に文句をつけていらっしゃいます。

「ほんとに、なんとよく気のおつきになるお方でしょう。光君さまほどのお方にこれほどにしていただいて、お姫さまはほんとにお幸せですわね」

右近が今更のように感嘆のため息を洩《も》らすのを聞くと、わたくしは、せめて右近にだけはこの苦しみを打ち明けてしまおうかと迷ったりいたします。

宰相の君もすっかりあがってしまい、宮さまのお言葉をわたくしに取り次ぐこともできず、恥ずかしくて尻ごみしているのを、あのお方は気がきかぬと思われたのか、じれったがっていきなりおつねりになるので、いっそう困りきっています。

夕闇の頃も過ぎて、おぼつかない月のあるかなきかの曇りがちな空の気配にくわえて、もの静かな宮さまの御様子は、いかにも恋の夜にふさわしい、しみじみとした風情です。

奥からの追風と、あのお方の例のたとえようもない匂いと、宮さまのお召物にたきこめられた香の薫りが入りまじって、あたりはいいようもなくかぐわしい空気にみちてきました。

あのお方が隠れていらっしゃるとも知らず、宮さまはわたくしに向かって、こまやかに愛のお言葉をかけてくださいます。みんなあのお方に聞かれているのにと思うと、わたくしは宮さまのお口をふさいでさしあげたいように思いました。

わたくしはそっと東面《ひがしおもて》のお部屋に引きさがってしまいました。あのお方は取り次ぎに来る宰相の君にくっついて来られ、

「あんまり暑苦しいお応対《あしらい》ですね。何事も、その場に応じてさわやかに振る舞うのが魅力があります。

あんまり子供っぽく見せるお年でもないでしょう。この宮にまで、よそよそしくもったいぶって人づての御挨拶をなさるのはどうかと思われます。じかにお話ししないまでも、もっと近くにお寄りになっては……」

など御注意くださるのです。でもいつ、御注意にかこつけて、御自分がそば近く入りこまれないともわからないので、わたくしは油断もできず、身の置きどころもない思いでそっとすべり出て、母屋《もや》の端の几帳に寄り添って臥していました。

宮さまはこまごまと尽きることもなくお話しなさるので、お返事もせずただ伺

っていると、いつのまにかあのお方がそっと近寄っていらっしゃり、いきなり几帳の帷子《かたびら》を一ひらお上げになると、たちまち、小さな光るものがさっとあたりの闇に飛びちがいました。

一瞬、紙燭《しそく》をさし出されたのかとおどろきました。

この夕べ、蛍をたくさん薄衣《うすぎぬ》に包んで、光が洩れないよう隠しておいたものを、いきなりぱっと放たれたのでした。

とっさのことで、わたくしはおどろきのあまり、あわてて扇をかざして顔を隠してしまいました。

それでも数えきれない蛍は、自由になり、思い思いに飛びかい、わたくしの片頬にも、ひろげた扇の縁にも、それを持つ指や手にもとまり、冷たく青く透明に光り輝くのでした。

おそらくわたくしの黒髪にも点々と、玉を散らしたように光り輝いていたことでしょう。女房たちの袿や髪にも光っているのを見ても、それは夢のように美しい光景でした。

宮さまが几帳の羅《うすもの》の帷子のきわにお寄りになった気配に、あわてて右近や宰相の君が、わたくしを隠そうとするのも、間にあわなかった様子です。

飛びちった蛍の二つ三つが反対に、のぞいていらっしゃる宮さまの御衣裳《ごいしょう》にとまって光るのが、宝石を繍《ぬ》いつけたように美しいのも、夢の中のながめかと思われました。

「なく声もきこえぬ虫の思ひだに
　人の消《け》つにはきゆるものかは
おわかりになりましたでしょうか」

と、宮さまはおっしゃるのです。

こんな時の御返歌を、もったいぶって思案するのも気がきかないと、早いだけが取柄に、

「こゑはせで身をのみこがす蛍こそ
　いふよりまさる思ひなるらめ」

などと、さりげなく御返歌をして、わたくしはそっと奥へ引きこんでしまいました。

後で女房たちの話に聞くと、宮さまは、わたくしの冷たい態度をうらめしそうになさったものの、居坐《いすわ》って夜を明かすような無粋なことはなさらず、五月雨に濡《ぬ》れそぼちながら、夜更けてお引きあげになったということです。

御兄弟だけあって、兵部卿宮さまのみやびやかさは、あのお方によく似ていらっしゃいました。女房たちは、

「それにしても、光君さまの昨夜のお心遣いはなんというこまやかなことでしょう」

「女親だって、とてもああはできませんわね」

など、話しあっています。それを耳にするにつけ、あのお方の本心も知らないでと、わたくしは情けなくてなりません。実の親に見出《みいだ》され、人並に可愛《かわい》がられている身の上で、あのお方からこのように愛していただくのなら、どうして嫌に思うことがありましょう。こんな不自然な境遇にいて、父といつわっている人と妙なことになると、ついには世間の醜い噂話にされるのが落ちだろうと、心細くてなりません。

次の日にもあのお方はいらっしゃって、

「昨夜はどうでしたか。宮は夜更けまでいらっしゃったのですか。あまりお近しくしないほうがいいですよ。宮はあれでなかなかの女好きで厄介な御気性のおありになる方ですよ。女の心を傷つけたり、つい過ちをしでかさないような人は、めったにいないものですよ」

など、ぬけぬけとおっしゃるのです。あんなにほめちぎってすすめておいて、また今日は悪口を言ってそしったり、もう、何を考えていらっしゃるのかわからなくなってしまいます。

それにしてもその御様子は、艶《つや》やかな美しい色の御衣《おんぞ》に、御直衣《おんのうし》をあっさり重ねていらっしゃるお姿が、なんともいえず若々しくお美しく、みやびやかなあの比べもののない匂いといい、あんな嫌な物想いがなかったら、なんと好もしいお方だろうと思わずにはいられません。

今日は、五月五日の節句なので、薬玉《くすだま》など美しくつくったものが、あちこちからたくさん届けられました。考えてみたら、辛い生涯の中で、今ほどありがたい時があったであろうかと、何不自由ない夢のような今の暮らしをふりかえらずにはいられないのです。

それもこれも、あのお方のおかげと思うにつけ、いやな噂の種になってお名に疵《きず》がつかないうちに、この境遇を早く抜け出す方法はないものか、やはり兵部卿宮さまの求愛をお受けすることが、自然にそうなるのだろうかなど、思い悩んでしまうのです。

五月雨が例年より長く降りこめ、わたくしの心のうちのように、暗い日がつづきました。

いっこうに晴れそうもない日々のつれづれのまに、絵物語などを見たり写したりして日を過ごしました。これまでの暮らしでは、ゆっくり物語などを読むこともなかったので、今、それが珍しく愉しくて夢中になりました。女房たちが集めてくるものを写していると、たちまち時間が過ぎていきます。

物語には、さまざまな人の身の上が嘘《うそ》かまことか、面白くまた悲しく書きつづられています。それにつけても、わたくし自身の身の上こそ、これらの物語の女主人公たちの誰にもおとらない数奇な運命だったと思わずにはいられないのです。

あたりいっぱい物語をとり散らかせ写すのに夢中になっているところへ、あのお方がすっと入っていらっしゃいました。

「やれやれ、困ったものですね。女というものは面倒がりもせず、こんなものを読んだり写したりして、わざわざだまされようと生まれてきたとみえますね。こんな物語の中には、本当の話はほとんどないと、頭では知っていながら、つまらない作り話にうつつを抜かし、ていよくだまされて、暑苦しい五月雨時に、髪の乱れもかまわずに書き写しているのだから」

とおっしゃって、お笑いになるのです。

「とは言っても、こうした昔の物語でもなければ、この所在なさはどうなぐさめようもないこの頃ですね。

それにしても、この嘘ばかり並べた作り話の中にも、なるほど、さもありなんと思うように人の心を打つ、もっともらしい言葉で語りつづけてあるのは、たわいもないこととわかっていながら、なんとなく感動して、主人公の可憐《かれん》な姫君が物想いに沈んでいるのに、心が惹かれたりするものですよ。また、こんなことはとても現実にはあり得ないと思いながら、誇張した書きぶりに思わず目を見張る思いがされて、さて、落ち着いてまた改めて聞く時は、なんだつまらないと思ったりもします。そんな中にも、ふと興趣をそそられるところが、ありありと書かれていることもあるでしょう。

この頃あちらの対で、幼い明石《あかし》の姫に、女房などが時々物語を読んでいるのを立ち聞いていると、つくり話のうまい者がこの世にはいるものだなあと思いますよ。こういう物語は嘘を言い馴れた人の口から出るのでしょうね、そうは思いませんか」

など、おっしゃいます。

「ほんとに、日頃嘘を言い馴れた方は、いろいろとそんなふうに御推量なさるのでしょうね。わたくしなどは何を読んでも、ただもう本当のこととしか思えませんわ」

と答えて、書き写していた硯《すずり》を脇へ片付けました。あのお方は、

「せっかく愉しんでいるのを心なしにけなしてしまいましたね。物語とは、そもそも神代《かみよ》からこの世に起こったことを書きとめたものなのでしょう。わが国の正史とされている日本紀《にほんぎ》などは、そのほんの一部にすぎないのです。むしろ、これ

らのつくりものの物語こそ、人のためになるようなこまかいことがすべて書かれているのでしょう」

と、お笑いになります。

「物語というものは、誰かの身の上を現実通りにそっくり物語ることはなくて、善も悪もわけず、この世に生きていく人々の、見ても、聞いても飽きない面白い話で、後の世にまで語り伝えたいと思うような事柄を、ひとりで心にしまっておけず話したり書き残したりしたのがはじまりでしょうね。

作中の人物を善人と言おうとするあまり、よいことばかり選《よ》りすぐって書きたて、読者の気をひくため、悪い世間の出来事も、ことさら誇張してありそうもないことばかり書き集めたりしますが、どっちにしても皆、この世にないことではないのです。中国の物語にしても、当然書き方は違うだろうし、また、わが国の物語でも、昔と今では事がらも表現も違うだろうし、作者に思想や技術の深さ浅さのちがいはあるでしょう。だから、物語に多種多様があるのです。といって、物語はすべて嘘だ、作り話だと決めてしまうのはまちがいです。

仏がまことに尊いお心からこの世に残された経文でさえ、方便ということがあって、悟りを得ていない者が読むと、あちこち矛盾していることが説かれているではないかと疑問もわきます。方便の説は、方等経《ほうどうきょう》の中に数多く見られますが、煎じつめれば、菩提《ぼだい》と煩悩の隔たりを説く一つの趣旨に落ち着くのです。要するに物語の中で、よいことも悪いことも、煩悩即菩提のことわりのように、すべてこの世の外のことではなく、現世の人間の真実を語っているので、何事も無駄ではなくなってしまいます」

と、物語をたいそう立派なもののように論じられました。

こんなお話をうかがっていると、このお方は、どこまで深い学識がおありになるのだろうと、うっとりしてしまうのですが、すぐそれにかこつけて、

「それにしても、こんな昔物語の中に、わたしのように律義な間抜けの恋人の話があるだろうか。おそろしく人情味のない姫君でも、あなたのようにつれなくて空とぼけている人も、またとありはしないでしょうね。まあ、わたしたち二人のことを世にも稀《まれ》な物語として、後世に語り伝えさせたいものですよ」

と、にじり寄ってこられるのです。わたくしは衿《えり》に顔を埋めこんで言い返さずにはいられません。

「そうでなくても、こんな、父が娘に言い寄るような珍しい話は、世間の語り草になってしまいますわ」

「あなたも世にも珍しい関係とお思いですか。わたしもほんとに、こんなにまで人を想ったことはありませんよ」

ささやきながら、いっそう寄り添ってこられる御様子が、とても色っぽくて、わたくしはぞっとしてしまいます。

ああ、おかあさま、あなたの魂がおありなら、どうしたらいいか夢にでも出て教えてください。このまま、ここにこうしていると、わたくしは身の破滅をまねきそうで不安なのです。

最も不気味で不安なことは、あのお方をこれほど恐れながら、嫌いながら、わたくしはあのお方の甘い言葉やたぐい稀な魅力に、しだいに馴れていく自分の怪しい心を認めないわけにはいかないのです。

藤袴

★

ふじばかま

夕顔《ゆうがお》の侍女右近《うこん》のかたる

まるで物語の姫君のような世にも不思議な運命をおたどりになって、よるべもないお身の上から、六条院《ろくじょうのいん》の西《にし》の対《たい》にお引き取られになった玉鬘《たまかずら》の姫君のお側《そば》近くにお仕えして、またたく間に二年の歳月が流れてしまいました。

比べるものもないほど華やかでお美しい紫上《むらさきのうえ》さまには敵《かな》わないまでも、姫君のお美しさは日と共に磨きあげられ、今ではもうまばゆいばかりでございます。光君《ひかるのきみ》さまがこの玉鬘の姫君をまるで掌中の珠《たま》のようにおいつくしみなさるものですから、ほんのわずかに残っていた田舎じみたところなど、今ではもう影さえもなくなってしまいました。

都じゅうの殿御という殿御が、姫君のお噂《うわさ》に心を焦がされて、毎日のお文《ふみ》は降るようでございます。

姫君の婿君としては兵部卿宮《ひょうぶきょうのみや》さまが最も有力なお方のようにお見受けいたします。光君さまも内心そうお考えのようですし、それとなく姫君にも宮さまを御推薦なさるようなことをなにかにつけておっしゃいます。

その他には髭黒右大将《ひげくろのうだいしょう》さまが、これまた御執心を恥ずかしげもなく露骨にあらわして、熱心にお文をお届けになります。

このお方の北の方は、式部卿宮《しきぶきょうのみや》さまの姫君なので、紫上さまとは異腹の姉妹にあたられます。お気の毒に、執念深い恐ろしい物《もの》の怪《け》に取り憑《つ》かれていらっしゃって、正気の時が少なくなり、右大将さまとの御夫婦仲も、傍目《はため》にもお気の毒な御様子という噂が広まっております。

式部卿宮さまは紫上さまの御父上でありながら、光君さまがあの御不運で須磨《すま》へ流されておいでの時、弘徽殿大后《こきでんのおおきさき》の御威勢を恐れて、お留守を守る心細い紫上さまになんのお力添えもなさらず、お見舞いさえなさらなかったお方です。お心の広い光君さまにしては、珍しくこのことを根にもっていらっしゃって、御運をとりもどされ、まばゆいばかりの御自分の御時世に立ちかえった時も、この宮さまにだけは冷たくなさいました。

まあ、そんな因縁のある面倒な北の方のこともあり、光君さまは右大将さまを、御身分としては承香殿女御《しょうきょうでんのにょうご》の御兄君で申し分なく、将来性もあるお方ながら、玉鬘の姫君の婿君としてはお気がすすまない御様子でした。

かんじんの姫君は、あどけなく振る舞っていらっしゃっても、もう似つかわしくないお年頃なのに、一向にそういう方面には興味がおありにならないようでした。

そのうち、はしたない女房たちの間から妙な噂がたち、いつかわたくしの耳にも入るようになりました。

「右近《うこん》さんのお耳に入れてはだめですよ。あの方は、光君さまになんでもお報《しら》せするお役目なんですから」

あてつけがましいそんな声で、わざとその噂を聞こえよがしにする女房もいるわけです。

それは、姫君を実の御娘と称していらっしゃるけれどまっ赤な嘘《うそ》で、どなたかの姫君を引き取られて、何かの目的でお世話しているのが真相だ、だからこそ、表面、実の父娘のようにしていらっしゃるけれど、光君さまは玉鬘の姫君とはすでに、ただならぬお仲になっているのだという噂なのです。

「去年の野分《のわき》の朝、光君さまが六条院の女君《おんなぎみ》たちのところへそれぞれお見舞いにいらっしゃったことがあったでしょう。あの時、最後にこちらの姫君をお見舞いなさって、ずいぶん遅くまでいらっしゃったわね。あの時、光君さまは姫君を抱きよせられて、姫君もそれにさからいもせず、なよやかにしていらっしゃいましたよ。わたくしは扇を落として捜しにいって、ついその御様子を見てしまったのですもの。光君さまがいらっしゃると、なんとはなしに、わたくしどもは御遠慮して、別の部屋に下がってしまうでしょう。あれはどうしたわけかしら」

「そういう雰囲気がおありになって、なんだかいたたまれないからでしょう」

「わたくしはもっと、衝撃的な場面を見てしまったわ。秋のはじめの頃だったかしら、涼風が吹きはじめ、なんとなく淋《さび》しい気分の夜でした。

光君さまが和琴《わごん》を姫君に教えていらっしゃって、ふっと音がとだえたので、知らない間にお帰りになったのかと思って様子を見にいったら、夕月がほのかにさしこんだうす暗いお部屋でお琴を枕にして、おふたりが睦《むつ》まじそうに寄り添って横になっていらっしゃいましたのよ。はっとして、あわてて下がってしまいましたけれど、一瞬の間に瞼《まぶた》に灼《や》きついたそのお姿は消えるものじゃありません。お庭の篝火《かがりび》が消えそうになりながら、お部屋の片すみをほのかに照らしていましたから、それはまるで夢の中の景色のようでした。たしかあの夜は相当夜更けまでそうしていらっしゃいましたわ」

「そういえば、わたくしも」

と、身を乗りだす者もいる始末。こんな口さがない女房たちの噂にまでなっていることが、どうして世間に洩《も》れぬことがありましょう。

姫君は時々、なんともいいようのない淋しそうな悩ましい風情で、深く物思いに沈んでいらっしゃることが多くなりました。わたくしにも気どられまいと、ずいぶん気をはっていらっしゃいますけれど、光君さまの道ならぬ恋心を受けとめかねていらっしゃるのです。本来は他人なのだし、万一、光君さまの御寵愛《ごちようあい》をお受けになったところで、世間に恥ずかしい立場でもありません。むしろ、こんな頼もしい御後見《おんうしろみ》がまたとありましょうか。でも、もし、そんなことになれば、紫上さまはじめ光君さまの御寵愛が並々でないお歴々の中にはさまり、やはりさまざまな気苦労が生まれてくることでしょう。

そうでなくても、とりわけそういうことにかけては敏感な紫上さまは、とっくに光君さまの下心を見抜いていらっしゃって、わたくしに、

「西の対へお出かけの時間が、ずいぶん長くなったこと。わたくしは、もうさんざん馴《な》らされているからいいようなものの、明石《あかし》のお方などは、どんなに気をもんでいらっしゃるでしょうね。この頃では、明石のお方を訪ねるお時間も惜しそうに、西の対へいらっしゃるのね」

と、さりげなくおっしゃるのです。わたくしの反応を見逃すまいとなさる流し目が、艶《えん》にお美しく、殿方ならばそれだけで、魂も消えるようにお思いのことと

思われます。

とにかく、早くおふたりは実の父娘ではないと世間に発表なさらないことには、かえってとんでもない不都合な噂の種になりかねません。

昨年十二月に大原野《おおはらの》に行幸《ぎょうこう》があり、世の中をあげて見物に行ったものです。六条院でも紫上さまはじめ、女君がたが車をひきつらねて見物にいらっしゃいました。玉鬘の姫君もお出かけになりました。今日を晴れと、お供の親王《みこ》たち上達部《かんだちめ》もみな格別に美々《びび》しく装っていらっしゃるのを、道筋に車をびっしり並べて見物するのでした。

姫君は今日こそ、実の御父上の内大臣さまを拝することができるだろうと、期待していらっしゃる御様子が、いつもより上気した頰にもうかがわれました。

いつもお文をよこされる公達《きんだち》や、兵部卿宮さまや髭黒右大将の晴れ姿も見受けられます。女房たちがいちいち、あれはどなた、これはどなたと囁《ささや》きあうので、姫君にもそれとおわかりなのでしょう。右大将がいつもは重々しく取りすましていらっしゃるのに、今日はたいそう華やかな御装束に、胡籙《やなぐい》などを背負ってお供していらっしゃいます。色が黒い上に、髭ばかりいっそう黒く恐ろしげで、姫君にはお気にいらない御様子がありありと見受けられました。

兵部卿宮さまの優雅なお姿も、今日の帝《みかど》のたぐい稀《まれ》なお美しさの前には光がうせるようでした。光君さまに瓜二《うりふた》つのお顔立ちながら、やはりお若くていらっしゃるのと、どこか厳かな感じがあって、いいようもなくありがたくすばらしいのでした。姫君が思わず小さな嘆声を洩らし、うっとりと見惚《みと》れている御様子がいかにも初々《ういうい》しく美しいのでした。

光君さまは、どういうおつもりからか、この頃しきりに宮仕えをすすめていらっしゃいましたが、この日を境に、姫君は、あのお美しい帝のお側に出仕することも幸せかもしれないとお考えになった御様子で、それとなく宮仕えのしきたりや、後宮《こうきゆう》のことなどをわたくしなどにお訊《き》きになるのでした。

例によって、お腰をおさすりしていて、あたりに誰もいない時に、わたくしは、姫君のお心の変化をそれとなく光君さまにお話し申しあげました。

「ほう、やはり帝のあのたぐい稀なお美しさには、あの頑固な姫も心が動いたと見えるね」

と、光君さまは御満足そうでした。紫上さまにもその計画をお話しになって、

「前から宮仕えをすすめているのだけれど、帝には秋好中宮《あきこのむちゆうぐう》があああしてわたしの養女として入内《じゆだい》していらっしゃるし、もし、内大臣の娘と公表して入内しても、すでに異腹の弘徽殿女御がいらっしゃるというので、思い悩んでいたらしいのです。若い女の身で誰に気がねする相手もない者なら、誰だってあの帝を拝したら、

宮仕えしたくなるのが当たり前でしょう。どうやら玉鬘の姫も心が動いたようですよ」

紫上さまは、

「まあ、いやですわ。いくら帝が御立派でも、自分から宮仕えの気を進んで起こすなど、ずいぶん出すぎた話ですわね」

玉鬘の姫君にひそかに嫉妬していらっしゃる紫上さまとしては、どっちみち早く姫君の立場がはっきりしてほしいと望んでいらっしゃるのでしょう。

何《いず》れにしても、玉鬘の姫君はまだ裳着《もぎ》（女子が成人して初めて裳を着ける儀式。男子の元服に当る）も終わっていないので、それを急ぐことになりました。そのための儀式に御入用の御調度類など、これ以上のものはないまでに光君さまがじきじきに御用意なさるのは、なんというお幸せな姫君でしょうか。

光君さまはこの際にと、内大臣に本当のことをお打ち明けなさいました。いろいろあった御様子ですが、結局、親子の縁の絆《きずな》の強さなのでしょうか、御裳着の御腰結《おんこしゆい》は、内大臣にお願いすることに決まりました。

真相を光君さまから打ち明けられた内大臣は、思いがけない話に、光君さまに心から感謝なさりながらも、光君さまのことだから、どうせそのまま手もつけずにお世話なさったとは考えられない、六条院の他の女君たちの手前、面倒なことになったので、今頃になって実の親との名乗りをさせ、半分捨てるつもりで責任をこちらに押しつけようとなさるのだろう、表向きは一応、宮仕えなど言っても、本心はどういうものかなどと、側近にお洩らしになったとかいう噂が早くも伝わってきました。

わたくしが光君さまに世間話のついでをよそおい、そのことを申しあげると、

「それにしてもまあ、よく気の廻《まわ》る内大臣だ」

と、冗談らしく笑い捨てておしまいになったものの、その表情は、ぎょっとひるんでいらっしゃいました。

これ以上はあるまいと思われるような御立派な裳着の式も二月にとどこおりなく終わり、内大臣との親子の御対面もありました。姫君は公職として尚侍《ないしのかみ》におなりになり、いよいよ入内を待つばかりになりました。入内は十月頃と決まりました。

帝もその日を待ち遠しく楽しみにしていらっしゃるとのことでした。こうなれば、かねて玉鬘の姫君に懸想《けそう》していらっしゃった方々は、すっかり残念に思われ、せめて入内する前にと、ゆかりの女房たちを口説き、姫君に近づく手だてを得ようとなさいます。

髭黒右大将は事情が判明すると、早速、内大臣に結婚の申し込みをなさったと

か。内大臣は、姫君の婿としてはふさわしいとお考えになったようでした。

九月頃には、方々からのお文がいっそう繁《しげ》くなりました。女房たちが読みあげるのを、姫君は興味なさそうにお聞きになるばかりです。ただ、兵部卿宮さまへだけは何かお返事をさしあげたようでした。

入内までもう半月という頃、全く信じられないような事が突発してしまいました。今でもまだ夢のようですが、弁《べん》のおもとが髭黒右大将にしつこく責められて、あろうことか、姫君へ手引きしてしまったのです。生憎《あいにく》なことに、その夜はわたくしが東《ひがし》の対《たい》へ呼ばれていて、もう間近に迫った姫君の入内のお支度の最後の点検を、紫上さまとしておりました。その後、光君さまが珍しいほど根をつめてお疲れの御様子なので、お肩をおもみしておりました。姫君の裳着の件以来の御心労がお出になったのだとしみじみお話しなさるのも、どこかお淋しそうでした。

「世間はわたしが親らしからぬことをしてきたように邪推していたが、これでわたしの潔白がわかっただろう。一番疑っていたどなたかも、これで安心なさったでしょう」

傍らの紫上さまに、そんな冗談をおっしゃりながらも、姫君をやがて手放される日を思ってか、お淋しさはかくしきれず、ひどいこりの中から鬱屈したお気持が伝わってきます。このこりは光君さまの遂げられない恋のこり固まったものだろうと、わたくしはひそかにお察しし、おいたわしい気もしておりました。

そのうちはげしい雷雨になり、稲光がはためいて、すさまじい夜になりました。

「西の対で怯《おび》えていられるだろう。御苦労だが、早く帰っておあげ」

そうおっしゃっていただいたので、わたくしも急いでおいとまいたしました。渡殿《わたどの》を通っていても、雷鳴が鳴りはためき、稲光が絶え間なく光るため、思わず坐《すわ》りこんで、腰がぬけたようになってしまいます。

ようやっと西の対へ帰ってきたら、女房たちは怖がって部屋の片すみに集まり、被衣《かずき》を頭からひきかぶり震えています。

「誰が廊下の扉の鍵をしめ忘れたの、不用心じゃありませんか。いつも言ってあるのに」

わたくしがぶつくさ叱言《こごと》を言っても誰も聞いているふうもありません。とにかく姫君のことが心配で、いそいでお部屋へ駆けつけました。灯も消され真っ暗な中から、ただならぬ姫君の押し殺した泣き声が聞こえてくるのです。はっと胸をつかれた時、太い男の声が聞こえました。

「そんなに泣かないでください。これも一心に祈っていた石山《いしやま》の観世音《かんぜおん》のお導きだと思います。こうなるのは前世からの約束ごとにちがいありません」

わたくしは、あまりのことに、その場に腰をぬかしてしまいました。髭黒右大将の野太い声ではありませんか。あの弁のおもとがと思うと、もう憎らしくて、殺してもあきたらない口惜《くや》しさです。女房たちもこうなってはどうすることもできなかったのでしょう。

雷鳴が遠ざかって雨だけになった夜明け前、髭黒右大将は、ようやく立ち去ってゆきました。

姫君は三日三晩、泣き沈んでいられ、三日通いつめた右大将も、さすがにどうすることもできず、仏頂面で帰っていかれるばかりでした。

隠しておかれることでもなく、二日めにわたくしが光君さまにお話しいたしました。光君さまの落胆のなさりようは傍目にもおいたわしいほどでした。あの沈着なお方が声も出ず、わたくしの顔をしばらくぼうっと見つめられていただけでした。

「可哀《かわい》そうに」

しばらくしてお口から出た最初の言葉でした。御自分の口惜しさよりも、姫君の御心情をお察しになるおやさしさに、わたくしもこらえきれず泣いてしまいました。本当を申しますと、わたくしは光君さまがどうして姫君をそっとしておいて、お手をつけないのかもどかしかったのです。世間の噂のようでないのは、わたくしが一番身近でわかっていただけその気持がつのりました。どの求婚者と比べても光君さまほど安心な方がまたといらっしゃいましょうか。入内して、幸いにも帝の御寵愛をいただくようになったところで、中宮や女御がすでにれっきとしていらっしゃる中で、御苦労は目に見えています。

それに比べたら六条院の女君たちは、揃《そろ》いも揃って格別にすばらしいお方ばかりです。紫上さまは少しは嫉妬なさっても、御自分の品位を下げるような意地悪は決してなさらないし、花散里《はなちるさと》のお方は、仏さまのようにおやさしいし、明石上さまは、万事ひかえめで、御自分が辛《つら》い思いをなさっていらっしゃるだけに、他には思いやりの深い御性格とうかがっています。このような中で、もうひとり光君さまの愛人が増えたところで、どなたもあわてさわぐようなことはないはずです。姫君にしても、こちらに引き取られて以来の数々の御恩の中で、知らず知らずに光君さまの御愛情にひたりきって、うとましく思っていられた光君さまの求愛にも、お心の底の底では、馴れていられたのではないでしょうか。

それにしても石山の観世音さま、なんということをしてくださったのでしょう、姫君が一番嫌っていた方に、よりによってこんな幸せを授けられるとは。

「帝のお耳に入っては畏れ多い。しばらくの間は、あまり人にこのことは知らせないように」

と、光君さまは御注意なさいました。尚侍として出仕する直前の出来事ですから、本当に情けなくなります。

姫君は思いもかけない不運な身の上になったと、あの夜以来、病人のようになって嘆き悲しまれ、右大将がいらっしゃるたび、いっそう御気分が悪くなりふさぎこんでしまわれます。右大将のほうは、もうすっかり花婿気取りで、はたの思惑など考える閑《ひま》もなく、あきれるばかり熱心に毎日通っていらっしゃいます。

露ほども打ちとけようとなさらない姫君の態度を、情けなく思われながらも、手に入れてみて改めてその美しさのたぐい稀なことに気づき、喜びを隠そうともしません。もし、これが他人のものになっていたらと思うと、この幸福がいっそう身にしみてありがたく、弁のおもとを観世音と並べて拝みたいくらいの気持でしょうが、あいにく弁のおもとは、姫君からすっかり嫌われ、いたたまれず、里に帰って慎んでいます。

女房たちの中に味方もいなくなったので、右大将は来られても何かと不便で不快なことばかりですが、そんなことにかまっていられないほど夢中で、姫君の石のような心と軀《からだ》に向かってひたすら一方的に愛をそそぎつづけられています。

光君さまも今度のことは、口惜しく残念な、この上なく不愉快なこととお腹を立てていらっしゃるものの、内大臣がすでに婿と認めていられることではあり、とにかくできてしまったことなので、表向き御婚礼の儀式などは申し分なく立派にして、婿殿のおもてなしも人に指さされぬよう丁重になさいました。

内大臣は、

「宮仕えして苦労するより、結局こうなったほうが、姫のためには無難で幸せだというものだろう。いくらわたしが不憫《ふびん》と思っても、すでに弘徽殿女御を入内させている以上、立場上から、姫をその競争相手のように後見してやることはできないし、光君さまだって、中宮の手前同じことだろう」

と、お洩らしになったとか。

いくら内密にしようとしても、御本人の右大将が嬉《うれ》しさと得意で吹聴《ふいちょう》なさるし、こういうことは、しぜん世間には広まっていくものです。話が思いがけなかった結果なので面白おかしく、珍しい語り草のように世間では言いはやすのでした。ついに帝のお耳にも達して、

「入内の日を楽しみに待っていたのに、ついに縁のない人であった。残念だがどうしようもない。もともと尚侍としてという本人の希望もあったのだから、役目だけの出仕をしたらどうだろうか。女御・更衣《こうい》のような入内なら、これで思い断つのももっともだけれど……」

など、光君さまにもったいない御内意が伝えられたということです。

日頃は武骨で真面目《まじめ》一点張りで、浮ついた噂などついぞなかった右大将が、今

は得た恋に浮かれきって、朝昼の区別もなくいっぱしの好色者《すきもの》らしく通っていらっしゃる御様子もおかしいことでした。

女君は本来、くったくのない朗らかな、どちらかといえば楽天的な御性格なのでしたが、今度のことではお心の傷からなかなか立ち直れず、ずっとふさぎ続けていらっしゃるのもおいたわしいかぎりです。

光君さまは、いつでも右大将がいらっしゃるので、もう以前のように西の対へ公然とお越しになることもありません。紫上さまには、

「ずいぶん疑っていられたけれど、これで潔白がおわかりでしょう」

など、冗談めかしておっしゃるものの、内心の憂悶《ゆうもん》は、隠しようもないという御表情です。

ある午後、珍しく右大将がお見えにならないので、早速光君さまに御連絡を差しあげたところ、いそいそとお運びになりました。

女君は水のきれた花のようにすっかり萎えきっていらっしゃいましたが、光君さまがおいでになったので、ようやく御身を少し起こし、御几帳《みきちよう》のかげに半ば隠れるようにしてお逢《あ》いになりました。

光君さまは以前とはちがう、改まった御様子で話しかけられましたが、そのうち、抑えきれない情にうながされ涙ぐまれて、

「まさか、こんなことになるとは……あの世へゆく時、三途《さんず》の川を渡るあなたの手が、人の手にゆだねられるなど……想像できたことでしょうか」

しみじみとおっしゃるのに、女君も耐えかねて、

「三途の川を渡る前に、わたくしは涙川の泡となって消えてしまいましょう」

と、お泣きになるのでした。武骨で生真面目なだけの右大将を見馴れてこられた今は、女君も今更のように、光君さまのたぐい稀な優雅さやお美しさが、身にも心にもしみておわかりになったことでしょう。

やつれていらっしゃっても、やはり処女にはなかった女らしさが、しぜん、にじみ出ている女君の御様子に、光君さまはたまらない魅力をお感じになられたのか、いとしくて抱きしめたいという目の色で熱っぽく見つめていらっしゃいます。

「今となっては琴を枕に添い寝しながら、何事もなく過ごしたわたしの、世にも稀な愚かしさも頼もしさも、おわかりいただけたことでしょう」

などおっしゃいます。

「大将は一日も早くお邸《やしき》へ引き取りたいとの御意向ですが、あちらには北の方が普通でない御様子のままいらっしゃることだし、何かとわずらわしいことでしょう。帝とのお約束の手前も、このままではあんまり御無礼に当たるので、一応、形だけでも参内《さんだい》なさるべきです。大将があなたをお邸に引き取ってからでは、と

うてい宮仕えなど望めないでしょうから」

と、こまごまお話しになります。大将のお邸へだけは、むざむざ渡すまいというお気持が、お言葉にお見受けできるのでした。

大将のほうは、六条院で誰からも歓迎されないことが、さすがに気づまりになっていたところなので、参内は不承知だけれど、参内にかこつけ、とにかく六条院から女君をお出しすることが先決とお考えになった様子でした。

参内させてから、すぐ御自分のお邸へ引き取るおつもりで、早くもあわただしく自邸の造作や模様替えにとりかかられたとか。

思いやりのない融通のきかないお人柄なので、今では自分の恋に夢中で、病気の北の方のお心の痛みや、おふたりの中に生まれた感じ易《やす》い年頃の姫君のお心など思いやることもないお振る舞いようで、お邸の中はただならぬ雰囲気に包まれていらっしゃるとの噂が、こちらまで伝わってきます。

兵部卿宮さまはじめお心を寄せていられた方々の御落胆は、お察しするにも余りがあります。

一夜も空けないで通いつめられる大将が、参内の日も迫った雪の夜、珍しくお見えにならず、次の日、早朝お文が届きました。

「昨夜、急に気を失った人がございました上、あの雪模様で、出かけがたいうち、からださえ冷えきってしまいまして。あなたがどうお思いになったか、まわりの人々がなんと取り沙汰しているかと気が気ではありません」

という文面でした。大将は字も正確な格式ばったものですが、漢文の素養が主な方なので、お文まで、とかく四角四面で面白味がありません。

「これはただ事じゃない。きっと何かありますわよ」

好奇心の強い女房たちが早速手を廻して、昨夜の大将邸の状況を偵察してきました。

その日は一日、珍しく大将の北の方が常のお心を取り戻されていらっしゃったそうです。物の怪の憑かない日は、おとなしい上品なお方なので、大将にも素直にお仕えになられるとか。大将の今度の事件はもう北の方のお里の式部卿宮邸にも伝わっていて、

「今更そんな華やかな人が来る邸の片すみに、見苦しくまつわりついているのも情けないだろう。こちらにきっぱり引き取るから、帰って来てはどうか」

と、おすすめになっていられました。大将は平常心の北の方に、

「決してあなたを見捨てるつもりはないのだから、安心していらっしゃい。わたしのいま通っている所は、あんまり美々しくて万事気がはって疲れるので、早くこちらに引き取って楽になりたいというだけなのです。子供まであるあなたとの

縁を決して粗略にするつもりはないのですから」

など、こまごまとお慰めになっていられたそうです。そのうち雪が降りだして日もたそがれてくると、もうじっとしていらっしゃれなくなります。

北の方は物の怪のため、お部屋も取りちらかし、お化粧もせず、髪を梳《くしけず》ることもしないので、目も当てられない御様子です。それでも、どこか上品な感じが残っていらっしゃるのは宮家のお血筋のせいかと、女房たちは思っている様子です。

「夜も更けてくるし、雪も降ってきましたわ」

早く出かけてはと、すすめるような調子で北の方は言い、

「お出かけにならなくても、お心がよそにあるのではかえって辛《つろ》うございます。よそにお出《い》でになっても、少しでも思ってくださるなら、涙に濡《ぬ》れた袖の氷もとけることでしょう」

などしおらしいことをおっしゃって、火取りを取り寄せ、大将のお召物に香《こう》を薫《た》きしめておあげになりました。御自分は糊《のり》も萎えたお召物で、目は泣きはらし、見るかげもないお有様だったとか。

大将のお手のついている女房の木工《もく》の君とか中将のおもとなどは、この頃の大将の恋狂いのさまに、情けないことと、分相応にそれぞれ不満を抱いて、不貞寝《ふてね》

をよそおっています。

さすがに北の方があわれではやる心を抑えぐずぐずしていられたものの、もう辛抱できなくなって、大将は衣服をあらため、自分で小さな火取りをとり、袖に引き寄せ香を薫きしめ、おしゃれに気を遣っていらっしゃったそうです。

「雪が少しやんだようだね。夜も更けてきた」

などひとりごとをつぶやいて、さすがに遠慮がちに咳払《せきばら》いなどをして、いよいよ出かけようとなさいました。

その時だったそうです。それまでひっそりと脇息《きょうそく》に寄りかかりうち伏して悲しみをこらえていられた北の方が、いきなりすっくと立ち上がると、大きな伏籠《ふせご》の下にあった火取りをつかみ、大将のうしろに駆けより、ぱっと灰を浴びせかけたのです。とっさのことで、人々があっという間もない、一瞬の出来事でした。大将は頭から灰まみれで、真っ白になり、度を失っていらっしゃる。灰かぐらが、あたり一面にもうもうとみちています。

女房たちも驚いて、大将があわててお脱ぎ捨てになるお召物を片づけ、あわてふためいて着替えのお手伝いをする中で、北の方のすさまじいわめき声があたりにひびき、耳をおおいたくなります。大将の鬢《びん》にもお顔にも白い灰がはりつき、もう、とうてい、きらきらしい六条院へは行けるお姿でなくなってしまわれたのです。

一晩中、加持《かじ》の僧が祈り、僧に打たれたり、引きまわされたりして、北の方は浅ましく泣きののしり、やがて暁方疲れ果ててようようお眠りになりました。

そんなことが、まるで見てきたように伝わるのも、木工の君の血縁の者が、こちらの女房になってお仕えしているからなのです。

こちらの女君は、大将のお文をとろうともなさらず、お返事など差しあげません。

その日、日が暮れた頃、大将があたふたといらっしゃいました。家庭の騒ぎで、お召物など誰も手がまわらないのか、お気の毒なほどちぐはぐなものをお召しになっていらっしゃいます。

これも木工の君から出た話ですが、お出かけ前に身支度なさろうとすると、昨夜の炭火でお召物の方々に穴があき、下着にまで焼けこげた臭いがしみついていて、それはもう大変だったそうです。お風呂に何度もお入りになって、おからだのこげ臭さを清められたというのも、なんだかお気の毒のような、おかしいような。

木工の君は、あまりに薄情な大将のお仕打ちに、北の方以上に腹に据えかねるものがあり、こういう大将の恥まで、外へ言いふらすのでしょうか。これをみても、木工の君も身分の低い心のいやしい人のように思われますし、そういう女に、お手をおつけになる大将のお人柄まで嫌になってしまいます。

大将は、六条院の美しさ、快適さの中にひたると、つくづく荒涼とした御自分のお邸がうとましくなったのか、その日からもう帰る気配もなく、こちらに居ついてしまわれたのは、なんとも呆《あき》れはてた困ったことになりました。

北の方の物の怪はその後も一向に去る気配がなく、まだ、毎日ののしりわめき、手のつけられない御様子だと、使いが言ってきた様子です。さすがの大将も苦りきって、幾分しょげてふさいでいらっしゃる御様子が泣きつらの鍾馗《しょうき》さまのようでした。

ほんとに、まあ、因果なことでございます。

常夏

とこなつ

近江《おうみ》の君《きみ》のかたる

聞いてほしいわ、ええ、もう、あんまりじゃありませんか。あたしがどんな悪いことをしたというの。ほんとにもう、高貴の貴族なんていう人種の底意地の悪さ、冷酷さ、残酷さには、ほとほとあきれはて、愛想も尽きはててしまった。もういや、あたしにだって誇りはあります。一寸の虫にも一寸の魂、あら、ちがったかしら、一寸の虫にも三分の魂だったかな、ああ、そうそう、一寸の虫にも五分の魂ね、いいわ、どっちでもそんなこと。三分でも五分でも大勢《たいせい》に関係ないでしょ。でも、こんなことをあの連中ときたら、もし聞きつけようものなら、大喜びして指さし笑って、こそこそ耳うちして、それもわざと聞こえよがしに扇のかげで、

「まあ、お聞きあそばせ、近江《おうみ》の君《きみ》ったら、一寸の虫にも一寸の魂ですってよ。

もう、わたくしおかしくって、おかしくって、あんまり笑いすぎておもらししちゃいますわ」

なんていうんだから。ほんとにもう、あの連中ときたら人のあら探しや、あげ足とりだけが生き甲斐《がい》なのよ。そんなの、最低。人間の屑《くず》。でも、あの連中ときたら、自分たちこそ人間の花で、貴族やそこに仕えている人間以外はみんな人間の屑だと思いあがってるんだから。ほんと、もう鼻持ちならないわ。

あたしのことをかげで、あかつきの君とかあだ名してるのをあたしが知らないと思ってるのかしら。あかつきの君って呼ばれていると知った時、あたし、ほんとは嬉《うれ》しかった。だって近江の琵琶《びわ》湖のあの夜明けのなつかしい光り輝く景色が、ぱあっと目に浮かんできたんだもの。空も湖も七色に光り輝いて、浄土ってきっとあんなところなんでしょうね。あの景色を見たら、誰だって掌《て》を合わせたくなります。近江の君って呼ばれるより暁の君のほうが詩的で素敵だなあって思ったんです。そしたら、どういうこと、あかつきは暁でなくて、垢《あか》つきなんだって、あんまりひどいと思わない、侮辱もいいとこだわ。あたし垢なんかついてませんわよ。小さい時から湖水で軀《からだ》を洗うのが大好きで、どんな暑い夏だって汗の臭いなんかみじんもつけていなかったんだから。幼なじみの寺大工のひょう太は、いつでもあたしの髪や肩に顔をくっつけて、犬のように鼻をくんくんならし、

「ちどりちゃんはいい匂いがする。髪は春の若草のような匂いだし、首のあたりは石山寺《いしやまでら》の観音さまの前庭の紅梅のような匂いだ」

って、うっとりした声でいってくれたわ。ひょう太のからだは、檜《ひのき》のような匂いがしていました。あの頃はほんとになんの苦労も知らず、なんて幸せだったでしょう。ひょう太とはゆっくり別れも告げず、京に来てしまって……あの時、ひょう太は木曽《きそ》へ木材を仕入れにいく棟梁《とうりょう》について出かけていたんですもの。ひょう太にだけは、突然ふってわいたようなあたしの身の上の大変動について、京に上るべきかどうか相談したかったんです。だって、あたしは湖畔の村でのそれまでの暮らしが楽しくて、友だちもいっぱいいたし、ひょう太は特に仲がよかったし……ひょう太は腕のいい寺大工で先行きは寺大工の棟梁になって、石山寺のような大きなお寺の建築を請け負いたいといっていました。それに手先も器用で、彫り物もとても上手だった。

あたしの十五の春、ひょう太が彫ってくれたお護《まも》り用の観音さまを、あたしは肌身離さず持っています。琵琶湖の月を形どった円形の中に観音さまを浮彫りにして、ぴちっと蓋のついているものです。

「この観音さまはちどりさんにそっくりだろ、まあるいお月さまのような顔、切れ長の目、ぷくっとした赤子のような唇、可愛《かわい》らしい鼻、誰が見たってちどり観音だ」

ひょう太にいわれるまでもなく、それを見た時、あたしの顔を写したということがすぐわかりました。

「もちょっと額をひろく彫ってくれればいいのに」

あたしはあんまり嬉しかったので、かえって文句をつけました。

「広いおでこなんて、独楽《こま》を廻《まわ》すわけじゃあるまいし」

独楽を廻す額なんて……思わず笑ってしまいました。ひょう太は真面目《まじめ》くさった顔つきでそれはおかしい話をするので、いっしょにいたら、あたしは一日中でも笑いころげていました。おなかをかかえて、涙の出るほど笑いころげるのです。

ああ、なんとあの頃の愉《たの》しかったこと。笑うというのは、あの時のようなものです。上流の世界の人々の笑いなんて、笑いじゃない。お愛想笑い、おべっか笑い、でなければ他人を軽蔑する冷笑や、自惚《うぬぼ》れ笑いのいじましいこと。扇や袖で口もとを掩《おお》って、首も動かさず声もたてずに笑うなんて笑った気がするものですか。

この世界へ入って、まず最初にとがめられたのが笑い方でした。大口あけて、あはあは笑ったら、あたしのお目付役につけられた内大臣家の女房の小少将《こしょうしょう》の君が、卒倒しそうにびっくりして、檜扇《ひおうぎ》であわててあたしの顔を掩いました。なんで笑ったかって、もう忘れてしまったわ。だってあの頃は、箸が転んでも笑いたくてたまらない年頃だったんですもの。

そもそも、あたしのような野育ちが、こんな取りすました場ちがいの世界にまぎれこんだのが間違いだったのです。でも、何もあたしが好んで押しかけてきたわけじゃありません。

内大臣家のほうからある日、突然使いがやってきて、あたしの養父と乳母《めのと》が石山寺へ呼び出され、あたしの身元調査が始まったのがそもそものことの起こりでした。

養父は、延暦寺《えんりやくじ》の写経所の経師《きようじ》でした。経師というのは書生《てかき》のことで、写経をするため試験を受けて難関突破して勤めるのです。あたしの育った湖東には、昔から帰化人が多くて、そんな仕事をして奈良あたりの大寺の写経生になる人も多かったのです。父は写経所でも一番頭の題師《だいし》だったとかいうことですが、大病してから後、責任の重いその仕事を自分から下りて、一介の写経生になってしまったとか。一字間違えば給料からひかれるのでしがない仕事です。母はあたしを連れて養父といっしょになったらしく、養父との間に、たてつづけに五人も子供を産んで、疲れ果てて死んでしまいました。あたしの十五の秋でした。

叡山《えいざん》の登り口の近くにあたしの家はありましたが、裏の藪《やぶ》かげに小さな庵《いおり》があり、尼がひとり住んでいました。この尼を物心ついた頃からあたしは乳母だと教えられ、毎日ここで遊んでいました。なぜだかしらないけれど、あたしは他の弟妹とはひとりちがって、養父に手習《てならい》をさせられ、乳母に古今集を覚えさせられたりしていました。習字も歌も大きらいで、あたしは近所の悪童たちと、木に登ったり、裸馬にしがみついて走ったり、湖で泳いだりするのが大好きでした。どうして男に生まれてひょう太のように寺大工になって、知らない町や村へ旅に出られないのかと残念に思っていたのです。

尼の乳母はあたしを甘やかしっ放しで、何をしても叱りません。行儀作法を教えてくれるはずだったけれどあんまり役にたちません。母とは従姉妹《いとこ》だとか又従姉妹だとかいうことでしたが、似ていない。母は、あたしの目から見ても器量よしでしたが、尼は色が黒く骨太で、女らしいところはありません。あたしはこの人の乳をのんで育ったかと思うと、あんまりいい気はしなかったものです。それでもこの庵へよく行ったのは、ここには何かしら仏前にお供えの食べものが上がっていて、そのお下がりがお目当てだったのです。

尼はよく、前歯のぬけた口で、

「世が世なら、こんな所でくすんで暮らすお人じゃない」

と、あたしに吹きこみました。母が昔、采女《うねめ》として宮中に行き、そのうち、どういう縁でか、都の権勢家の子息の愛を受け、あたしが生まれたのだという話をするけれど、まるで古物語を聞くようで、とても自分の身の上とは思えませんでした。尼もその頃はさるお邸《やしき》へ上がって女房の端くれにいたそうです。

いつでも腹のふくれていた母は、あたしの躾《しつけ》なんかできないので尼にそれを頼んでいたのでしょう。自分のことども思えないまま、尼の語る昔の思い出話は、遠い星の世界のことのようで、時には面白く、甘い蜜で煮た芋や、油であげた餅にひかれて、耳を傾けたものでした。

いつでも胃が悪く臭い息を吐いていた養父はやさしいおとなしい男で、子供たちに荒い声をあげたこともありません。

母は時々思い出したように、あたしを叱りましたが、叱る途中で涙ぐんでしまい、

「こんな情けない暮らしで終える人じゃないのに」

と、わけのわからないことを言って、ため息をついておしまいという按配《あんばい》でした。

ひょう太にいつだったか昔、母が采女だったとかいう話をしたことがあります。

「ほんとに思えて、そんなこと」

と、冗談っぽくいうあたしの顔から目をそらして、ひょう太がいつになく陰気

な声で言いました。

「ほんとらしいよ、このあたりじゃ以前はよく、宮中へ采女をたくさん送りこんだそうだ。多い時は一ぺんに二百人も連れていかれたことがあるとか爺《じい》がいっていた。たいていい何かの大きな行事がすむと帰ってくるらしいけれど、中にはそのまま京に残る娘もいたとかいっていた。

　ちどりさんのおかあさんは残った組で、五年ほどいて、帰ってきて、その時は赤ん坊をかかえていたという話だ。ちどりさんには十三、四から縁談がいっぱいあるのに、おかあさんが話をよせつけないのは、そのためらしいという話だ」

「そのためって」

「ちどりさんはここらあたりの漁師や石工やおいらのようなしがない生活《たつき》の者の嫁にはしないということだろう」

　あたしはその時も、あはあはと、咽喉《のど》の奥が見えるほど大口あけて笑ってしまったのです。だってそんなあたし自身、覚えもない出生の秘密とやらのため、好きな人と一緒になれないなんてことがあっていいものでしょうか。

　内大臣家からはつづいて長男の柏木中将《かしわぎのちゆうじよう》という人がやってきました。どこでどう調達したのか、あたしは生まれてはじめて緋《ひ》の袴《はかま》や小袿《こうちき》をつけて窮屈な想《おも》いで中将の前に引き出されました。乳母と養父がつきそいました。今度も対面の場所は石山寺だったのは、都の貴人がここなら物詣《ものもう》でに来て不自然でなかったからでしょう。

あたしはこの日はじめて都の貴人の、しかも若い貴公子を間近に見てびっくりしてしまったのです。ひょう太などとは同じ人間とも思えません。柏木中将は品があって美しくて、目もまばゆいほどでした。その日の対面で、あたしが内大臣の御落胤《ごらくいん》ということになってしまったのです。

それからはもう何がどうなったのか夢の中で夢を見ているような想いの中で、京へ連れ去られ、内大臣家に引き取られてしまったのです。あたしの意志など誰も聞いてくれず、激流に身をさらわれたような有様でした。

目がくらむほど美しい貴公子と思った中将が実の兄だったのです。父という内大臣は、威風堂々とした立派な人で、やや肥り気味でした。色は浅黒く、鼻の高い口の大きく引きしまった人でした。

「ちょっとしたゆきちがいでそなたの母を見失い、どうしただろうと案じていたが、こうしてめぐりあえたのも、仏になったそなたの母の引きあわせであろう」

といってちょっと目尻の下がった大きな目にうっすらと涙を浮かべてくれたのです。あたしと内大臣は、額のややせまいところと、大きな目のちょっと下がったところと、耳たぶの大きい耳の形がそっくりでした。あたしの鼻と口は母に似ていて、鼻は低くて口は小さいのです。

誰が見たって、内大臣とあたしはよく似ていて親子であることの疑いようがありません。

あたしはやっぱり自分に似た実の父にあって不思議ななつかしさに胸がいっぱいになりました。内大臣には北の方にたくさん御子《みこ》がいらっしゃって世間から子福者と羨ましがられているのに、まだあたしのような外腹《そとばら》の子供まで捜しだそうとされるのは、よほどの子供好きなのかと思われました。

まるで月の世界に迷いこんだかと思われるような立派なお邸に住むようになっても、これが自分の新しい住居だとは思えず、なんとも居心地の落ち着かぬものでした。

小少将の君から、連日連夜、上流貴族の姫君としての行儀作法を特訓されるのは、なかなか大変な行《ぎょう》で、もうほんとに逃げ出して帰りたいくらいでした。第一、この社会では、女は立って歩いてはならないなんていうんだもの。思わずぷっと吹きだしてしまいました。

足萎《あしな》えじゃあるまいし、ちゃんと立派な足が二本揃《そろ》っていながら膝行《しっこう》するなんて、道理にあわないじゃありませんか。はきなれない袴をはいて膝行なんかするので、あたしはいつでもつんのめって、ばったのように転んでしまう。それを見て女房たちが馬鹿にしきった表情で冷笑するんです。

立居振舞いからことばづかいまで、一々直されて、もう気がおかしくなりそうでした。

そのうち、女房たちのお喋《しゃべ》りの端々から、あたしを捜す原因になったのは、ある日、内大臣が夢を見て、夢ときの名人に見てもらったら、

「もしや長年お気づきでない外腹の御子が、誰かの養女になっていらっしゃるのにお心当たりはございませんか」

といったとかで、それを気にして内大臣は、

「若い時、色々軽率な情事をして外児《そとご》が生まれているかもしれない。もしそんな子供が名乗り出たら、引き取って面倒みてやろう。お前たちも気をつけていてくれ」

など、息子たちに話していたらしいです。どうやらその噂《うわさ》を乳母が風の便りに聞き伝えて、急に勢いづき、年に一、二度訪ねてくる京の数珠《じゅず》屋にあたしのことを話したのが、柏木中将の耳に入ったという筋書きらしいのでした。

柏木中将が一目あたしを見て、父の落胤と信じてしまったのは、あたしの顔のどこかが、あまりに内大臣に似ていたからでしょう。

養父は気の弱い人で、そんな運命の大変動が果たしてあたしの幸福になるかど

うか気がすすまなかったようでしたが、話があんまりとんとん支障もなく運んでしまったので茫然《ぼうぜん》としてなすすべもないという有様でした。

　乳母はこの事件であんまりはりきり過ぎ、疲れが出たのか、ほっとしたのか、ある日、訪ねてみたら、寝床の中で冷たくなっていました。

　別れも告げずに来たひょう太がなつかしく、時々夢に出てきていましたが、もう湖畔で暮らしたことなど前世の出来事だったように思われるほど、目まぐるしい京の暮らしでした。

　こうなった以上は肚《はら》を据えて、一日も早く姫君らしさを身につけ、内大臣家のお姫さまとなって幸運の波に乗りきってやろうと決心したのです。

　母の身分が賤《いや》しいということがこの世界ではどんなに軽蔑されることか、次第にわかるまでには日数もかかりませんでした。あたしをこの邸の者は誰ひとり、女房たちまで決して尊敬しようとはせず、気がついたら、あたしは姫君というより女房のひとりのような扱いを受けていたのです。

　内大臣にはあたしの外に二人の娘があり、北の方の腹の一人は冷泉帝《れいぜいてい》の女御《にょうご》に上がって弘徽殿《こきでんの》女御《にょうご》と呼ばれています。今ひとりは、雲居雁《くもいのかり》と呼ばれている姫君で、この人の生母はどういうわけか、この人を残して按察使大納言《あぜちのだいなごん》と再婚してその北の方になっているようです。

「それで姫君はお祖母《ばあ》さまの大宮《おおみや》さまに預けられていたのよ。その時、太政大《だいじようだい》臣光君《じんひかるのきみ》さまの御子息の夕霧中将《ゆうぎりのちゆうじよう》がやはり早く御生母に死別なさってお祖母さまの大宮さまに引き取られていたんです。まだ子供とばかりみんなが思いこんでいた、この姉弟のように育ったお従姉弟《いとこ》どうしのおふたりが、いつの間にか筒《つ》井筒《いづつ》の恋をなさって、もう一人前の大人の真似《まね》をしていられたのよ。それが内大臣さまにばれたからさあ大変、この姫君も宮中にあげる御予定だったから、内大臣さまはもうかんかんに怒られて、生木を裂くような可哀《かわい》そうなやり方で雲居雁さまを大宮さまから引き取ってしまわれたのです。それが原因で、どうも太政大臣さまと内大臣さまのお仲がしっくりいっていないようですよ」

そんな内緒ごとをこっそり教えてくれたのは、五節の君《ごせちのきみ》と呼ばれている女房です。いつか五節の舞姫に選ばれた人だけに、美しいのだけれど、この人も身分が低いといって女房たちには軽く扱われています。この人は率直な気立てであけすけで明るく、親切で親しみ易《やす》いので、あたしの唯《ただ》一人の話し相手になってくれました。地獄に仏のような人です。親しくなるとすぐ五節の君はいいました。

「あんた、こんな所へ来てかえって苦労よね。貴族の世界なんてほんとに内輪は汚いのよ。自分の利益のためなら、肉親どうしだって殺し合って平気なんだから。あんたそんなに可愛らしい顔に生まれついて、髪だってずいぶん見事で美しいのに、お母さんの身分が賤しいっていうだけで、寄るとさわるとかげで笑い者にされているのよ。ほんとに気の毒だわ。でもまあ、来てしまったんだから辛抱して、いつか、あんな人たち見返してやるといいわ」

そんな話を親身にしてくれるのです。五節の君の口から、あたしは、内大臣があたしを見てがっかりしたこと、世間からは変なわけもわからない娘をつれてきてと笑いものにされていることなど、教えられたのです。口惜《くや》しくって、一晩泣きましたけれど、このまま逃げて帰るのも癪《しやく》なので、五節の君のいうようにここはならぬ堪忍をして、今にみんなを見返してやろうと思ったのです。

五節の君は太政大臣も最近、今まで聞いたこともない御落胤の姫君をどこから捜しだしてきて、まるで内親王にでも仕えるように大切に守り育てているという噂を聞かせてくれました。

「うちの内大臣さまと光君さまはお若い時から親友で、ずいぶん派手に遊び廻ったんですって。どちらも女のことにかけては意地の張りあいをして手当たり次第の御乱行だったそうよ。だから外児があちこちで見つかったって不思議じゃないけど、今頃になって揃いも揃って、御落胤が出現するとは面白いことよね」

と笑うのです。あたしはその話を五節の君のように笑って聞き流すわけにはいきません。なんでもその玉鬘《たまかずら》の姫君という人には、蛍兵部卿宮《ほたるひょうぶきょうのみや》や髭黒右大《ひげくろのうだい》将《しょう》などという面々や、あたしの兄の柏木中将までがのぼせ上がって求婚してるようだというのです。同じ外腹の娘といっても、まるで女房扱いにされて事毎《ことごと》に田舎者よ教養のない者よと嘲《あざけ》られているあたしとではなんというちがいでしょう。これというのも父親の愛情のちがいだとあたしは思うのです。

この間、あたしは五節の君と部屋で双六《すごろく》を打っていました。ふたりとも熱中し易いのでつい勝負に夢中になってしまい、我を忘れていました。勝負は白熱して、あたしは思わず手をこすり合わせ、五節の君が大きな目を振り出さないよう、

「出ろ、出ろ、小さな目、小さな目」

と、早口に叫んでいました。五節の君は賽《さい》を振り出す筒を額の上でこねくり廻し、

「お返し、お返し」

と、祈るようにわめいています。

いつの間にか内大臣がそこへ来て、あられもないあたしたちの様子を全部見ていたなんてどうして気がつきましょう。五節の君がふっと顔をあげ内大臣に気づき、あわてて双六を片づけました。

内大臣はあたしたちよりばつの悪そうな渋い顔をして、

「ここへ来て暮らされても、なんとなく落ち着かず、しっくり馴染《なじ》めないという

ことはありませんか。わたしはむやみに忙しくて、訪ねてあげることもできないので」

というので、あたしは持って生まれた早口で、

「こうしてここにいますのに、なんの不足がございましょう。ただ長年お会いできなかったので、お目にかかりたいとばかり願ってた父上のお顔を、始終拝見できないのだけが、双六によい目の出ないようなじれったい気がいたします」

と答えました。

「実はわたしの身近に使う女房もなかなかいないので、そういう女房のようにしてわたしの身近にいつもいてもらおうかなとも思ったのだが、そうもできない。普通の召使いなら大勢の侍女の中にまぎれてしまって、あんまり人の目にも耳にもとまらないので気も楽なのだが……それでもあの人の娘だとかあの人の子だとか人に知られる身分の者ともなると、親兄弟の不面目になる例も多いし、まして……」

といいかけて、何故《なぜ》か口ごもっています。あたしは、終わりまで聞かず、

「どういたしまして、どうせあたしなんか大した出じゃないし、便器のお掃除だって何だってしますから」

というと、内大臣は何がおかしいのかふきだして、

「それはあんまりふさわしくないお役だな。こうしてやっと会えた親に孝行しようと思ってくれるのなら、その喋り方を、も少しゆっくりいってくれないかな。そうしたらわたしの寿命ものびそうです」

と、おどけたように、にやにやおっしゃるのです。

「早口は生まれつきなんですよ。子供の頃から早口で、亡くなった母もいつも苦にしていて、あたしの生まれる時、妙法寺《みようほうじ》の別当《べつとう》の大徳《だいとこ》が産屋《うぶや》で祈禱《きとう》してくれたのがむやみに早口で、それにあやかったのだろうと嘆いておりました。ほんとになんとかしてこの早口を直すようにしましょう」

と、真剣に答えました。

「それは孝行な殊勝な心がけだな。きっとその大徳が前世で悪いことをしたのだろうね」

といった後で、何か思案顔していましたが、

「今、女御もこの邸に里下りしていらっしゃるから、時々あちらへお伺いして、女房たちの立居振舞いなど見習うのもいいでしょう。軽い気持でお目にかかってはどうだろう」

「あら、嬉しい。ほんとですか。あたしとしては、寝ても覚めても早く皆さん方から、人並に思っていただきたいとばかり思って、その他のことは考えたことも

望んだこともありません。お許しさえいただけたら、水を汲《く》み、頭にのせて運んでもお仕えさせていただきます」

と、興奮すると、また、ぺらぺら早口に喋ってしまうのでした。

「何も水汲みや薪《まき》拾いまでしないでも、女御の御前に参上すればいいでしょう。ただし、そのあやかりものの坊さんゆずりの早口さえ直れば」

とおもしろい冗談をいわれるので、すっかり親しい気分になり、

「じゃ、いつ女御さまのところへ参上したらよろしいでしょう」

とたたみかけると、

「日柄《ひがら》のよい日を選んだりするところだが……ま、いいでしょう、思いたったら、今日にでも」

といって出ていかれました。立派なお供がいっぱいひしめきおつきしていて、いっせいに潮が引くように去っていきました。

「まあ、ほんとに、あたしの父上って大したものね。こんな立派な人の娘と生まれながら、あたしときたら、なんというみすぼらしい小家《こいえ》で育ったこと」

というと、五節の君が、

「でもあんまり立派すぎるのも、どうかしらね、気後れしちゃう。あなたもほどほどの親で心から可愛がってくれるような人に引き取られてればよかったのに

ね」

と無茶苦茶をいうので、

「そらまた始まった。あなたはいつだって人の言うことをぶちこわしてしまうのね。ほんとに憎らしいわ。もうこれからは友達扱いの口をきかないでちょうだい。あたしは今に運の開ける運命で、れっきとした身分になるんですからね」

と、腹立ちまぎれにいってやりました。

「あら、怒ったその顔、可愛いのね」

五節の君ときたら、全く怒り甲斐もないのです。

その夜、あたしからまずお手紙をさしあげてからと、明け方までかかってあれこれ書き直して、心をこめたお手紙を書きあげ、女御さまにお届けしたのです。

その手紙を文章がおかしいとか、引歌《ひきうた》がふさわしくないとか、字が下手だとかさんざん笑いものにして女房たちが廻し読みしたと聞いたのは、ずいぶん後のことでした。

お返事の歌には、

ひたちなるするがの海のすまの浦に
浪《なみ》立ち出でよ箱崎《はこざき》の松

とあったので、松とは待つにかけたのだと感激感謝していたのに、それも女御

さまの女房の中納言の君の代筆で、女御さまは、

「困ってしまう、そんなつまらない歌をほんとにわたくしの歌だと噂されたらどうしますか」

と、迷惑がられたとか。何をしても、どう尽くしても、どうせあたしは嘲笑されるだけなのだと、いやでも思い知られてきたのでした。それでも女御さまだけはおやさしくて、あたしに親切にしてくださるので、どうにか我慢できたのです。

そのうち、全くとんでもない事が持ち上がりました。例の玉鬘の姫君が、光君さまの御落胤ではなくて、事もあろうに、内大臣の姫君だったとわかったのでした。ということは、この姫君ともあたしは腹ちがいの姉妹ということになります。この人はそれはもう御大層な念入りの裳着《もぎ》の式をあげ、その時の腰結《こしゆい》を父の内大臣がしてあげ、その時泣かれたということでした。

その式の派手で仰々しい様子も手に取るように伝わってきます。女房たちの口から口へ、風より早くそれは伝わるのです。

それだって相当口惜しいところへ、玉鬘の姫君が尚侍《ないしのかみ》になって宮中へお仕えすると聞こえてきました。それも髭黒右大将と玉鬘の姫君が突然結婚された直後なのです。

あたしはもう口惜しくてなりません。同じ血をわけた姉妹なのにどうしてあの

人ばかりをまるで天女の天降《あまくだ》りのようにみんながちやほや大切にするのでしょう。

ある日、たまたま柏木中将や弟の弁少将《べんのしょうしょう》たちが女御さまの前に集まっていた時でした。

あたしもそこへしゃしゃり出て、ずけずけいってやりました。

「お殿さまは、御娘がおできになったそうだとか。なんてまあすてきなこと、どんなお幸せな方なのかしら、太政大臣と内大臣のお二人に大事にされていらっしゃるなんて……でもその人だってやっぱり賤しい生まれだっていうじゃありませんか」

女御さまは不機嫌なお顔で黙っていらっしゃいましたが、柏木中将がしかつめらしく、

「あちらの方はそのようにお二方から大切にされるだけのわけがおありなのでしょう。それにしても誰から聞いてそんなことをだしぬけにおっしゃるのです。口さがない女房などに聞きつけられたら問題ですよ」

ととがめだてするので、あたしはもう口惜しくって、

「うるさいわね、何もかも知ってるのよ。その方が尚侍になるっていうじゃないの。あたしがこちらへ宮仕えに急いで参上したのは、女御さまのお引立てで、そんな御配慮もいただけるかしらと思ったからですわ。だからこそたいていの女房

たちだっていやがってしないような汚い仕事まで、自分から進んで引き受けて骨身も惜しまず陰日向《かげひなた》なくお仕えしてるんじゃありませんか。それなのにあんまりです。女御さまはなんて冷たいお方でしょう」

と恨みごとをいってしまいました。いっているうちにほんとに自分のみじめさが身にしみて涙がぼろぼろ出てくるのです。みんなは顔見合わせ、にやにやして、

「尚侍が欠員になったら、我々こそお願い出ようと思っていたのに、非常識な希《のぞ》みをお持ちになったものだ」

などと馬鹿にしきってからかうので、もうもう腹が煮えくりかえって、

「御立派な御家族の中に、あたしのような賤しい者は仲間入りすべきではなかったのでした。もとはといえば中将の君が悪いのです。頼みもしないのに余計なおせっかいをしてあたしを連れてきて、その揚句、さんざん馬鹿にして笑いものにするにも程があります。普通の神経の者では、とても居たたまれない恐ろしいお邸だわ。おお怖《こわ》、おお怖」

と、後ずさりして、目を吊《つ》りあげてみんなを思いきり睨《にら》みつけてやりました。

中将はさすがに気がとがめたのか、うつむいて神妙な表情をしています。弁少将が急に猫撫《ねこな》で声で、

「ここでのお勤めぶりも、比べ者のないほどよくやっていらっしゃるのを、女御

さまも決しておろそかにはお思いにならないでしょう。まあ、まあ、とにかくお気をお静めください。堅い岩さえ沫雪《あわゆき》のように粉々にしてしまうほど元気なあなたですから、きっといつか十分お望みを叶《かな》えられる時もあるでしょう」

と、おべっか笑いをして言います。中将も、

「天の岩戸にこもっておとなしくしていらっしゃるほうが無難でしょう」

といって座を立ってしまったので、あたしはもう情けなくて、ぼろぼろ涙をこぼしながら、

「兄弟たちまでが、みんなこんなふうにつらく当たられる中で、ただ女御さまだけが御親切なので、こうしてお仕えしているのです」

と訴えました。そんなことのあった後も、あたしは気を取り直して、下仕えの女房や女童《めのわらわ》などが嫌がるような雑役《ぞうやく》まで引き受け、あちこち走り廻って、気軽にいそいそと立ち働き、御奉公専一に勤め励んでいたのです。そして折を見ては、女御さまに、

「どうか尚侍に御推薦してください」

としつこくせがんでおりました。

ある日、女御さまをお訪ねになった内大臣が、

「これ、これ、近江の君はどこにいますか、ここにいらっしゃい」

と呼んでくださったので、嬉しさのあまり、

「はあい」

と大きな声をあげて、いそいそと御前に出ました。

「なかなかよくお勤めしているようだが、これなら御所で役職についても大丈夫のようだ。尚侍のことはなぜわたしに早くいわなかったのか」

と、真剣なお顔でいってくれたので、ほんとに嬉しくわくわくして、

「この件について御相談したかったのですが、こちらの女御さまがいつかきっと御心配くださるだろうと、すっかり当てにしておりました。それなのにほかの方にお決まりのようで、夢で金持ちになったようなはかない気がして、思わず胸に手を置いてがっかりしました」

「それはまた遠慮が過ぎるというものだ。それならそうとわかっていれば第一に推薦してあげたのに。太政大臣の姫君がどんな人でも、このわたしがたってとお願いすれば叶わないはずもない。さあ、今からでも遅くない。早速、漢文の申文《もうしぶみ》をちゃんと書いてお見せなさい。長歌《ながうた》なども入れるといいね。主上《おかみ》は風流を解するお方だから」

などいってくれたので、あたしはもう天にも上る心持ちがして、手をすり合わせて父上を拝み、

「和歌なら下手《へた》ながらもなんとか作れるのですけれど……表だった漢文のお願いの文はお殿さまからお教えいただかないと……それに、自分の気持を加えてなんとか……」

と上ずって申しあげていました。

後で五節の君があたしを憐《あわ》れんで、

「ほんとにあなたったら可哀そうね、あんなに満座の中でからかわれても気がつかないんだから。あの時、女御さまは笑いをこらえて真っ赤になっていらっしゃるし、女房たちは口をおさえて身をよじってふき出すのをこらえていたのよ。あたしだけよ、あなたが可哀そうで涙が出てたのは」

といってくれた時、ああもう、とてもこの世界では生きていかれないと思ったのです。

それからだって色々ありました。どんなにあたしが心を持ち直しても、よってたかってあたしを笑い者にし、なぶり者にするのです。あたしはもう意地でした。内大臣からは、女御のところへは出仕するななどといってきましたが、あたしは無視して、嫌がられてるのを知ってわざと出仕しつづけてやりました。そんな勝手なことってありますか、自分の都合で、あたしを一方的に呼びよせておきながら、自分の期待に外れた娘だからといってよってたかって愚弄するとは、なんという人でなしたちでしょう。

そのうち、あたしが色気づいて色気狂いになっているなんて、評判まで立てるんです。わざと堅物《かたぶつ》で有名な夕霧中将に、歌をよみかけて、

「いつまでふられた雲居雁ばかり思いつづけてるの、あたしと遊ばない」

っていってやったら、まあもう大騒動、天地がひっくりかえったように騒いでいる。いい気味だわ。あたしはもうもう結構、こんなところに暮らしてたら骨の芯まで腐ってしまう。

昨夜、湖の夢を見ました。晴れた湖のなぎさで、あたしは膝まで水につかって、貝を拾っていたんです。冷たい湖のなめらかな水がぴちゃぴちゃと腿《もも》をなめて湖水をわたる風があたしの頬をやさしく撫で、あたしはほんとに幸せな気分だった。岸のほうから大声であたしを呼ぶのでふりかえったら、ひょう太が手をあげていました。

「ちどりさあん」と呼ぶ声を聞いた時、目が覚め、あたしはさめざめと泣きました。京へ来て、どれほど流した涙でしょう。でも昨夜の涙はいつもの苦い涙ではなく、美味《おい》しい甘い涙でした。帰ろうとその時決心したのです。

近江の君なんてへんな名前をふり捨てて、ちどりに戻るのです。人間に返るのです。

草に寝ころび、湖を泳ぎ、山を駈《か》けめぐって暮らすのです。本気で本音で生きるのです。貧しくったっていい、人間のあたたかな心に包まれて生きたら、寒さなんて消し飛ばすことができます。大声で笑い、思いきり早口で唾をとばして喋り、誰に気がねもなく大きないびきをかいて眠る。それが人間の暮らしです。さようなら、貴婦人たち、さようなら貴公子たち。二度とふたたびこの世ではお目にかかりますまい。

初音

✡

はつね

明石上《あかしのうえ》のかたる

あのお方と、宿命の絆《きずな》の糸が結ばれた明石《あかし》の浦の想《おも》い出《で》も、すでに茫々《ぼうぼう》の歳月の中で、まるで前世の夢のような遠い気持がしてきます。

世間では、この世の極楽浄土と呼びならわしているというこの六条院《ろくじようのいん》へ、あのお方の寵《ちよう》を分かちあった女君《おんなぎみ》たちの中に立ちまじり、数ならぬ身のわたくしまで晴れがましく迎え入れられてからでさえ、はや数か月が走り去っているのです。

もとは六条御息所《ろくじようのみやすどころ》さまの御旧邸だった土地をさらにひろげた広大な地域に、一年がかりで新しく造営されたのが六条院でした。地域を四等分して、西南の場所は、六条御息所の忘れ形見の姫君で、今は中宮となられて時めいていらっしゃるお方のお里邸として定まっていました。そのお隣の東南の地は、紫上《むらさきのうえ》のお住まいとされ、あのお方もここを御生活の本拠と定められています。

東北の地には、おとなしい花散里《はなちるさと》の方がお住まいになり、西北をわたくしにあてがってくださいました。東南を春、東北を夏、西南を秋、西北を冬と、それぞれ四季になぞらえ、もとからあった築山《つきやま》や池をそのまま利用したり、すっかり造り直されたり、それぞれ定められた四季のお邸《やしき》にふさわしいよう、造営されたものなのです。

そこへ来て住めと、あのお方に嵯峨《さが》の里居《さとい》ですすめられた時は、とんでもないとすぐ断ってしまいました。

姫君が生まれたのをきっかけに、ぜひにと京へ誘われた時にも、京にはあのお方の愛を分かちあう高貴の女君たちが大勢いらっしゃると風の便りに聞き、たかがもと国司の娘という取るに足らぬ身分のわたくしがその中へ立ちまじれば、辱めを受けることは必定で、どんなにか肩身の狭い日々を送らねばならないかと、考えただけで空恐ろしく、ひたすらに御辞退申しあげた気持と同じなのでした。

京へ来れば決して悪いようにはしない、姫君のためにも一日も早く来るべきだと強く誘ってくださったのに、いざ来てみれば、父の縁故の嵯峨嵐山《あらしやま》の麓にあった荒れ果てた家を改築し直してかくれ住む有様。その上、あのお方は、同居していらっしゃる紫上にお気がねして、せいぜい月に一度か二度、物詣《ものもう》でにかこつけての訪れが精一杯という状態だったのです。あのお方が明石へよこしてくださった若い乳母《めのと》のお喋《しゃべ》りから、京では、紫上がどれほど権勢並ぶものもないお立場を占めていられるかは、充分想像はしていたのですが、想い描くのと、現実にこの身にじかに感じとるのとでは、やはり雲泥のちがいがございました。

あのお方の訪れのない淋《さび》しい嵯峨の夜離《よが》れの夜々、ああ、やはり来なければよかったと、どれほど口惜《くや》し涙を流したことか。

それなのに、命の綱の姫君まで、やがて紫上に取りあげられた時の淋しさ悲しさは、今思い出しても軀《からだ》が熱くなるような口惜しさでした。

「子供好きの人なのに、どういう因縁からか、紫上は子宝に恵まれないのです」

あのお方はおっしゃいました。

子供のない紫上は、私の産んだ姫君をお育てになりたいとおっしゃったとか。なんという自分本位な考え方でしょうか。それが姫君の将来のためとあのお方に根気よくさとされ、ついにわたくしはわが命より大切に思っていた姫君を、紫上に奪われてしまったのでした。ええ、たしかにあれは奪われたという感情でした。

明石で、都へ帰るあのお方とお別れした時も、生木を裂くとはこのことかと思いましたが、姫君を奪われた時には、恋しい男との別れ以上に、自分の腕か足を引きちぎられていくような痛い辛《つら》い思いを味わわされました。

どんなに淋しい時でも、姫君さえ一緒なら、その可愛《かわい》らしさに慰められ、夜離れの夜々も耐えられたのですが、姫君がいなくなってからの嵯峨の暮らしは、もう気が狂わないのが不思議なほどの淋しさの極みでした。大堰川《おおいがわ》の水音も、嵐山の木々にさわぐ風の音も、鹿の声も夜猿の啼声《なきごえ》も、すべて肺腑《はいふ》にしみとおるような淋しさを誘いだすよすがでした。

同じ女の身と生まれながら、なぜ紫上とわたくしはこうも幸せに差がつけられるのかと、わが身の不運を呪ったものです。

姫君を連れ去った後しばらくは、さすがにわたくしを憐《あわ》れと思われたのか、それまでよりは少し訪れてくださる度合いが多くなったと思ったのも、半年とはつづきません。

やがてまた、あのお方の訪れがもとのように月に一、二度になり、更に二月《ふたつき》に一、二度となってゆきました。

二条院《にじょうのいん》に連れてゆかれた姫君は、その当座はわたくしを思い出し、夕方になれば、帰ろうよ、帰ろうよと泣きむずかったそうですが、そのうち、おやさしく美しい紫上になついてしまい、わたくしのことをちらとも口にしなくなったと聞かされました。まだ頑是《がんぜ》ない幼子のことですから、わたくしという母のいたことさえ忘れ去ってしまっても仕方がないことなのでしょう。

あのお方の御子《みこ》を産み、その姫君は生まれた時から華やかな前途も約束され、后《きさき》の位にも上るであろう運命を生まれながらに摑《つか》んでいるのです。これでもう明石の父の悲願も達せられたことになります。親にも子にも精一杯のことはしたのだから、自分は出家させてもらおうと思ったのも、わたくしにとっては自然の成行きでした。

そのことを久々で訪れたあのお方に話した時、あのお方は顔色を変えられました。

「わたしの愛が信じられないのですか。こんなにあなたのことを案じ、姫君のことを案じているわたしの真心を知れば、出離《しゆつり》するなどという考えが軽々と出るはずはない。あなたは今、悪魔に魅入られかけているのだ」

そう言うなり、あのお方はさめざめとお泣きになったのです。

「あなたはわたしが愛している万分の一もわたしを愛していてはくれないのですね。わたしのほうがよほど出家してしまいたい。それでも思いとどまっているのは、みんなあなたがた可愛い人への愛にほだされているからではないか。それさえわかってくれていないで、そんなわがままを言ってわたしを苦しめる」

わたくしのほうが泣きたいのに、あのお方はいち早く泣いてみせて、わたくしの泣くしおを奪ってしまわれました。いつでもこうなのです。逢《あ》えば、よくもこんな甘やかな言葉がお出しになれるものと思われるほど、次々身にあまる愛の言葉を降りそそいでくれるのです。蜜のように甘い愛のことばとこまやかな愛撫《あいぶ》で、怨《うら》みも憎しみもすべてとかしさられてしまいます。

わたくしの気持が静まった頃を見はからい、あのお方は、姫君が紫上にどんなになついているか、紫上がどれほど可愛がってくださっているかを、さりげなく話してくれるのです。

姫君の髪は紫上しか梳《と》かす権利は与えられていないなど、笑っておっしゃるお言葉の中に、まだ見ぬ二条院のお暮らしの御様子がしのばれます。美しい紫上のまわりには、やはり若く美しい女房たちがよりすぐって集められ、お仕えしているのでしょう。その女房たちが幼い姫君の機嫌をとろうとしてあらゆる遊びを考えだし、玩具《おもちゃ》を競争でつくっているなどと聞くと、姫君のために嬉《うれ》しい気持の一方、そんなに甘やかされて育ってはと、真実、腹を痛めた親だけに許される躾《しつけ》への危惧が胸をかすめます。それもまた、はかない嫉妬のあらわれなのでしょう。

甘えきってとりすがる時の姫君の可愛らしさもさることながら、少し叱られてしょげた後、涙でうるんだ清らかな瞳で下からじっとみつめ、

「ごめんなちゃい」

とまわりかねる舌でいう時の、食べてしまいたいような可愛らしさを思い出す

につけ、姫君を手放したのはかえすがえすも早まったと、情けない後悔にとらわれてしまうのです。

その都度、あの掌中の珠《たま》を無理に奪い取ったひとへの怨みが、胸の底に重く沈みこんでゆくのでした。

あれほど考えぬいた末、姫君を手渡す気持になったのは、生母としてのわたくしの出自の卑しさが、姫君の将来、入内《じゆだい》のさまたげになるというだけの理由からでした。たかが受領《ずりよう》の娘とさげすまれている声が聞こえるようで、やはり京に来るのではなかったと悔やまれもします。受領の娘といっても、父の入道《にゆうどう》は大臣家の出だし、母方は中務宮《なかつかさのみや》の流れなのですから、それほど卑下することはないという自尊心が、わたくしの心の底にはかくされています。それだけに、紫上との扱いの差が心にこたえているのでした。

こんな嫉妬やねたみ心がわれながら浅ましく、露ほどもあのお方には知られたくないと思い、つとめて表面はひかえめを装っておりました。

姫君を奪われてからの五年ほどの歳月は、心の喪に服しているようでした。その分だけ、あのお方の訪れの時は、すねも甘えもしたくて、屈折した心の鬱屈が、抱かれた時にあふれだし、自分ではないもうひとりの鬼が立ちあらわれ、つつしみも理性も裂き破ってしまうようでした。

「あなたの中には、何人の女人《によにん》がかくれ住んでいるのだろう」

あのお方がそんなわたくしの、はしたない荒れ方を殊の外面白がっていらっしゃるようなのも、理性のもどった時には恥ずかしくて消えてしまいたいようでした。

六条院が完成したのは、姫君が奪われてから四年の後でした。

嵯峨で別れて以来、一度も逢ったことのない姫君がどんなに成長していることかと思うと、その近くに住めると思うだけでも心がはやるのに、さまざまな気おくれから、やはり六条院へ移ることにはためらいがつきまとうのでした。

「あなたはひとりで妄想をたくましくして悪いようにばかり考えすぎますよ。紫上は、決してあなたが想像しているような意地の悪さや高慢さのない人柄なのです。明るくておおらかで誰にでも好かれる人ですよ。もし逢えば、ふたりともきっと誰よりもいい心の友になるだろうと思うのだけれど……まあ、それは、こういう立場になっているから、あなたも向こうも意識しあってなかなか難しいことだろうけれど……それでも六条院に移れば、一つ敷地の中だもの、どんなことで逢う機会が生まれないともかぎらない」

など、しみじみおっしゃるのです。紫上との現実的な確執など表面には何ひとつないのですから、こんな言い方をされるのがいっそ心外でした。

「わたくしのほうは紫上を、意地悪だとか高慢だとか、口にしたことも思ったこともありませんわ。あちらこそわたくしのことを常々そうおっしゃっているから、あなたがそんな心配をなさいますのね」

と、そっぽを向きますと、あのお方はにやにやして、

「わたしがあなたたちの心の底を見抜けないとでも思っているのですか。両方ともいい勝負ですよ」

と、言いきっておしまいになります。そのついでのように、わたくしが琵琶《びわ》をたしなむのを、いつかあのお方がふと洩《も》らされ、ひとり習ったにしては上手だと口をすべらせて以来、紫上は決して琵琶だけはお手にしないとか、他の女君には、さほどお心を騒がせないのに、わたくしに対しては格別に嫉妬なさる、もちろんお口に出したりしないけれど、それはあのお方のお目にはお見通しだ、などぬけぬけとおっしゃるのでした。

「心外ですわ。こんなにわたくしはへり下ってばかりいるのに、なぜわたくしを目の敵《かたき》になさるのかしら」

「そんなことは当然でしょう。わたしが他の誰よりもあなたに首ったけだからさ」

など、さらりとおっしゃって、またしてもわたくしの心を喜びの渦になげこん

でおしまいになるのでした。そのくせ、紫上への評価の言葉が、どれほどわたくしの胸を突きさしたかは、一向にお気づきにならない御様子でした。

　明石の流謫《るたく》の悲運の日々は、まるで前世での出来事であったかのように遠くなり、今では位人臣《くらいじんしん》を極めた太政大臣《だいじょうだいじん》という地位にまで上りつめられたお方なのですから、いっそう嵯峨の大堰の里までお運びくださるのが困難なのは当然です。これ以上我を張れば、わたくしは全く見捨てられてしまうほかないでしょう。あれこれ思いあぐねた末、やはり六条院に移ったのは、他の女君たちがすっかりあちらで落ち着かれてからしばらく後のことでした。

　紫上と花散里のお方が同じ彼岸の頃に、中宮がそれから少しおくれて、わたくしは十月頃でしたでしょうか。

　来てみれば、六条院の立派さは聞きしにまさるものでした。わたくしにあてがわれた西北の町に、北側を築地《ついじ》で仕切って、倉が建ち並んでいます。父が明石から送りつづけてくれるたくさんの品々がそこに収められ、御倉町《みくらまち》と呼ばれました。その境界に松の木がたくさん植えられているので、冬は枝に積もった雪の眺めが楽しめそうでした。

　冬のはじめに朝霜が置くのにふさわしく、菊の籬《まがき》が結いめぐらされていて、庭には時を得顔に今を盛りと紅葉している柞《ははそ》の樹《き》が林をつくり、その他に名も分からない深山《みやま》の雑木が深く生い茂ったそのままに、移し植えられています。冬になり、すべての木々の葉が落ちつくした時の裸木のすがすがしい淋しさも思いやられます。

紫上と御一緒に移られた花散里のお方は、紫上にひけをとらないほどのお移りのお支度をなさり、その采配も、あのお方の御長男の夕霧《ゆうぎり》の君がとりしきられたと洩れ承りました。前々からわたくしは、花散里のお方というのはどのようなお心をお持ちなのか、もしかしたらこのお方の胸の中は臓腑《ぞうふ》も何もなくて、いつでも冬の空のように、風が吹き渡っているだけなのではないかと思うことがあります。

あのお方は、紫上のことは、すぐわたくしが顔色を変え敏感に反応するので、話題からつとめて避けるようになさり、花散里のお方のことを、さりげなく話題にされるようになりました。御身分は、桐壺院《きりつぼのいん》のお妃《きさき》のお一人だった麗景殿《れいけいでんの》女御《にょうご》の御妹君にあたられます。

麗景殿女御は御子が生まれなかったので、院の崩御の後はお気の毒に落魄《らくはく》していかれるばかりだったのを、おやさしいあのお方が何かとお世話申しあげて、その庇護《ひご》に扶《たす》けられていらっしゃるとか聞いております。その御妹君の三《さん》の宮《みや》とは、いつ、そういう間柄になられたのか、とにかくその仲がこうも長くつづいていらっしゃるのは、ひとえに花散里のお方のゆかしいお人柄によるものなのでしょう。御器量はとりたてて美しいとはいえず、むしろ不器量のほうだとは、あのお方がおっしゃったことでした。

「しかし女は、顔かたちばかりではないですね。花散里はいつ訪れても、自分をおろそかにするなど恨みがましいことも一切言わなければ、他の女との情事の噂《うわさ》にはしたない嫉妬を見せるようなことは全くない。もう女として扱ってもらうことはあきらめているという表情で、いつでもおだやかにやさしく迎えてくれるのです。政務で面倒なことがあったり、人とのつきあいでもめごとがあったり、女たちのことで悩んでいたりする時に、ふっとあの人のところへ行ってやすらぎたいという気持が湧いてくるのです。

こんなことは信じないかもしれないが、もうずっと長い間、あの人との間に男と女のことは絶えています。それを恨みがましくいうわけでもなく、無理に自分の煩悩をなだめすかしているという様子もなく、ごく自然にそうなって、その状態からまた思いもかけなかった信頼と親愛の情で結びついてしまったのです。

人間の愛ほど不思議なものはない。情熱を伴わないそういう男女の精神的な愛もまた、この世には用意されているのですね。わたしと同じように、早くに母を失った夕霧の養母にあの人になってもらって、彼の世話を見てもらっています。

おだやかな人だから、喜んで面倒を見てくれるので、夕霧のほうでもすっかりなついて、実の母子のような関係になっています。両方とも生真面目《きまじめ》で地味な人柄なので、格別心がしっくりあうようですよ」

などと、こまごま話してくれるのでした。嫉妬せずひかえめで、男を心からくつろがせる女、それこそ男の理想の女性像かもしれません。その上に美貌で魅力があれば申し分ないのでしょうが、そうは神仏が簡単には許さないようです。

「花散里となら、きっとあなたもいい親友になれるかもしれない」

など、あのお方がつぶやかれました。たしかに誰からも悪口を聞かず、ひたすら、あのお方に忠実な影のように生きていられる花散里の方を尊敬はしても、わたくしはそのようにはなりたくないのです。女として愛されないで、どうして男のあわれみや庇護の中に身がおけるのでしょうか。花散里の方には、自尊心というものがみじんもないのでしょうか。

わたくしのことで、常に嫉妬していらっしゃり、わたくしを決して心の底では許していらっしゃらない紫上のお心のほうが、わたくしにはむしろよく理解できます。それにしても、育つにつれわたくしに似てくるという姫君を、紫上はどんなお気持で可愛がってくださるのでしょうか。わたくしが紫上の立場なら、自分の夫と他の女との愛の証《あかし》である子供など、死んでも引き取りたいとは思いません。

光源氏《ひかるげんじ》という稀有《けう》な魅力のとりこになれば、女という女は自尊心の根を枯らされるのでしょうか。

わたくしはそうはなりたくないのです。いつまでも、どんな時になっても、自分が自分であることを、いささかも薄めようとは思いません。

少しでも他の人からあなどられたり、さげすまれたりする屈辱には耐えることができません。そういう自分の意地が、可愛げがないと百も承知していて、それが改められないのが性格というものでしょう。

六条院へすぐには来る気にならなかったのも、わたくしのささやかな自尊心なら、ついにその剛情《ごうじょう》を押し通せなくて屈した以上は、六条院での女君たちの中に立ちまじり、あらゆる点においてもひけをとらず、決して後ろ指などさせない人間に自分を鍛えていこうと決心をしたのも、わたくしのはかない自尊心からでした。

年は紫上が一つ上の二十七歳、わたくしが二十六歳の秋だったのです。姫君はすでに七歳に成長していました。

今ではもうわたくしという生母のいることも、紫上が義理の養母ということもわかっている様子です。

六条院の四つの町は、へだての塀や渡り廊下のところどころに互いの通路を設けて、親しく往来ができるようにつくられています。あのお方おひとりは、そのどの通路も自在に通りぬけて、お好きな時、お好きな所に訪ねられるようになっていますし、女房どもは露骨な競争心などもなく、互いになごやかに交際しあっているようです。そんな女房たちの口から、春や、夏や、秋のお邸の様子や、行事や人の出入りなども、その日のうちに伝わってくるのでした。

姫君が、それはもう光り輝くような愛らしい方に成長していると話してくれるのも、当方の女房たちが、それとなく春のお邸の庭にまぎれこんで、その目でたしかめてくれたことなのでした。

あのお方は、なにげないように、立ち去りぎわに袂《たもと》から落としたような風情で、姫君の手習《てならい》の反古《ほご》などを残していってくださいます。まだ、たどたどしいところがありながら、手筋のよいのは父親似なのでしょうか。のびやかでおおどかな気品が早くもただよっているのは、わたくしの血ではありますまい。

秋のお邸は、六条御息所の忘れ形見の中宮さまのお里邸となっているので、実質的には、あのお方を中心に愛を分かちあう女君といえば、紫上、花散里の方、わたくしの三人ということになっていました。ところが思いもかけず、そこに新しい闖入者《ちんにゅうしゃ》があらわれました。玉鬘《たまかずら》の姫君という方で、年は二十一ばかり、わたくしより五歳ほど年下の姫君です。

はじめはあのお方のお若い頃の恋人の忘れ形見というふれこみでした。その御生母はあのお方に激しく愛されながら、ふとしたことから物《もの》の怪《け》につかれ、夢のようにはかなくなってしまわれたというのです。その時のどさくさにまぎれて、まだお小さかった姫君の行方《ゆくえ》が知れなくなっていたのが、十数年ぶりで再会したという、まるで物語のような話なのです。わたくしはそれを聞いた時、なんとなくできすぎたお話だと信じきれないものを感じました。

玉鬘の姫君の住まいはおとなしい花散里の方を説き伏せて、夏のお邸の西《にし》の対《たい》の間《ま》にお決めになり、そこに家司《けいし》なども置き、気のきいた女房たちも集めて、華やかにかしずかれるようでした。

紫上に説明なさったと同じように、わたくしにも昔の恋人の忘れ形見がみつかったとおっしゃいました。

あのお方が玉鬘の姫君をお世話なさる熱心さは、傍目《はため》にもまばゆいばかりでした。姫君のお召物から調度類まで、すべてあのお方御自身で選び揃《そろ》えられているとか。姫君は長い間筑紫《つくし》の果ての地でお暮らしになったので、まだ垢抜《あかぬ》けないところの残るのを、あのお方が必死になって教育なさり、こまごまと父親らしく躾《しつ》けていらっしゃるとか……。

その姫君の出現に漠とした不安を感じながらも、はじめて六条院で迎えたその年の正月は、忘れられない嬉しい想い出になりました。

暮れのうちに、正月用の晴着がそれぞれ、あのお方によって選ばれて届けられました。早耳の女房たちの噂では、それを春のお邸では、紫上とあのお方が揃っているお座敷でお選びになったのだといいます。

次々あのお方が選んでゆかれるお召物の色合いや取り合わせを、横からさりげなく見ていらっしゃった紫上が、一々微笑したり、うなずいたりしていらっしゃったということです。その色や柄から着る人の個性や、容貌、姿などを想像していらっしゃったのでしょう。

「西の対の姫君のはどんなだったの」

好奇心の強いおしゃべりの女房が訊《き》きだすのを、几帳《きちょう》のかげで眠っているふりをして、わたくしも聞き耳をたてていました。

「鮮やかな真紅の袿《うちき》に山吹《やまぶき》の花の細長《ほそなが》を重ねられましたわ」

「まあ、それが似合うのは、よほど派手なお顔立ちの方なのね」

女房の感想をわたくしも当を得たものとうなずいていました。そんな華やかな色を重ねられる二十一という年に、わたくしも立ちかえりたいような嫉《ねた》ましさを覚えます。

こちらに届いたのは、白地に梅の枝、蝶《ちょう》、鳥などが飛びちがった図柄が織りだされた唐《から》めいた小袿に、濃い紫のつややかなのを重ねてくださいました。それはいかにも上品で個性的で、わたくしにはすっかり気に入りました。自分で選んでもこれ以上のものはとうてい見当たるまいと思います。

元旦を迎えるまでに、わたくしはその衣裳《いしょう》にふさわしい香《こう》を選ぶのにひとり苦心し、調度も、衣裳にふさわしく唐様《からよう》にしつらえました。

異国的な情緒がこの部屋にただよえば、あのお方はきっと珍しく思われ、わたくしの趣向をほめてくださるのではないでしょうか。

元旦の春は雲ひとつなくうららかに晴れ渡っておりました。

わたくしは早くから用意しておいた新年の贈り物を、思いきって紫上に預けたきりの姫君の許《もと》に届けました。少女の喜びそうなさまざまな小物をいれた鬚籠《ひげこ》や檜破子《ひわりご》などのほかに、五葉の松の枝に鶯《うぐいす》をとまらせたつくり物をあつらえておいたのに歌をそえました。

「年月をまつにひかれて経《ふ》る人に
　けふうぐひすの初音《はつね》きかせよ
おとずれもない淋しい里より」

こんな目と鼻のところに住みながら、わたくしたち母と子はいつまで逢うことを許されないのでしょうか。この歌をもう読みとけるほどに成長しているのやら、まだ全く無邪気な幼さなのやら見当もつきかねます。

朝から、まだかまだかとあのお方のお越しを待ち続けていましたのに、昼過ぎても、あのお方は訪れてはくださいませんでした。西の対の姫君のところへは早々と出かけて、ずいぶん長居をしていらっしゃるなど、女房が偵察してきて伝えます。どうせわたくしのことなど、この六条院では物の数にも入れてくださらないのだと、淋しく思い沈んでいたところへ、もうあきらめていた姫君からの御返事が届けられました。

「ひきわかれ年は経《ふ》れども鶯の
　巣だちし松の根をわすれめや」

文字もまだ整わないまま、それでもきちんと手習をさせていただいている筆蹟《て》が上品です。その他にも何やら、あれこれと思いつくままに書きつけてくれてあるのが、涙にかすんでよくも見えないのでした。もうこれであのお方の訪れがなくても、今年の元旦はすばらしいよき日であったと幸せに満たされました。庭に出ていたほんの短い留守の間に、あのお方がようやく訪ねてくださいました。

夕暮れが早くもあたりの物のかたちをしっとりと滲《にじ》ませている頃です。まだ灯のつけてない部屋には、今日のために選んだ唐《から》渡りのりっぱな織物に東京錦《とうぎょうき》の縁をつけた敷物をのべ、その上に風情のある七絃琴《しちげんきん》を置いてありました。ついさつきまで、つれづれにわたくしがかき鳴らしていたものです。風流な火桶《ひおけ》には侍従香《じじゅうこう》をくゆらせてあるので、部屋じゅうにその香がしみわたっています。えび香の袋を柱のすみにかけておきましたから、その匂いもかすかにまじっています。いらしたらしい気配にそっと襖《ふすま》を開けますと、部屋の空薫物《そらだきもの》の中にあのお方の得もいえぬ艶《えん》な匂いがまざりあって、もうそれだけで目がくらみそうでした。

そっと膝をついてにじり入りますと、あのお方はわたくしが淋しさと幸せのあまり、書きちらしたままにしてあった手習の紙などを集めてじっと見ていらっしゃるのでした。いつもわたくしの字をくせのない、よく正規に習いこんだ字だとほめてくださるのですが、こんなふうにこっそり見られていると、何かはしたない落書きをしていなかったかしらと、全身が火照るように思いました。

「あの可愛い人と、長い間、逢わせもしないで、ほんとにむごいことをしてきたね」

とおっしゃりながら引き寄せてくださった時は、日頃の不満も、嫉《ねた》みも一切かき消えて、もうこのまま死んでもいいと思ってしまうのです。

「こんな近くに来たのに、何かと公務に追われて、たびたび訪ねてあげられないのが、ほんとに悪いと思っている」

など、熱い息と共に耳に囁《ささや》きこまれると、西の対の姫君の所で過ごすお時間は公務ですかなど、言うのもはしたない気がして、黙ってしまうのです。

逢えば、女にすべてを忘れさせる、不可思議な呪力を生まれながらにお持ちなのでしょうか。

「それぞれに魅力のある女君たちだけれど、わたしが一番心にかけて大切に思っているのは、姫君を産んでくれたあなただけなのだよ」

などとおっしゃるのを聞けば、どの女君に向かっても、同じような嬉しがらせを言われるお方だとは重々知っているのに、やはり言葉の持つ魔力のようなものに、たちまち身も心もとかされきってしまうのです。

「今日の衣裳は想像以上にあなたにぴったり似合っているね。これを選んだ時、紫上が、ちょっと顔色を変えたので、あわてて衣裳選びを中止しましたよ」

と、笑いながらおっしゃるのでした。その時わたくしは口がきけないほどあのお方の胸にぴったり顔を押しあてて抱きしめられていたので、黙っておりました。この白い唐風の袿から、紫上がわたくしをどのように想い描かれたか想像するだけで、胸が幾分すっと晴れました。

その夜は、今年はじめての夜を、あのお方はどこにもゆかず、わたくしの部屋で朝まで過ごしてくださったのです。

「あちらでお気を損じないでしょうか」

一度だけ言ってみましたが、あのお方は、

「こんな可愛い人を残して、どこへゆかれるものか」

とおっしゃって、いっそうわたくしを強くかき抱いてくださったのです。

それでも、まだこんなに暗いのにと思う次の朝の未明に、そっと共寝の腕をわたくしの軀《からだ》からひきぬかれ、そそくさと身支度をなさって、

「送らないでいい、そのまま寝ていらっしゃい」

とおっしゃったまま、春のお邸のほうへ早々と立ち去って行っておしまいになりました。

わたくしは元日の夜の出来事を勝ったと思えばいいのでしょうか、やはり負けたと悲しむべきなのでしょうか。

梅枝

✸

うめがえ

紫上《むらさきのうえ》のかたる

玉鬘《たまかずら》の姫君に対して、全く邪心はなく、父親の心境だなど、くりかえしあなたはおっしゃるけれど、そんなことをわたくしが信じるはずがありません。まだものの判断もできぬ幼い時からあなたに引き取られ、あなたのお心のままに教育されて、何から何まであなた好みの女に仕立てられたわたくしにも、やはり、あなたには覗《のぞ》かせない自分の心というものがひとつだけはあるのです。

その心は、いったい、いつからあるのか、自分にもわかりません。物心つかぬうちに母を失い、情の薄い父からは、ほとんどかえりみられず、祖母に育てられたわたくしに、そんな心を植えつけたのは、亡き母の執念なのでしょうか。あのやさしかった尼姿の祖母の肉体の底にひそんでいた女心なのでしょうか。

十四歳の時、北の方葵上《あおいのうえ》さまの御葬儀も終わって、久々で二条院《にじょうのいん》へ帰られたあなたを、無邪気になつかしがって迎えた自分の幼さを、今思い出しても恥ずかしく、身の置きどころもありません。

北の方を亡くされた悲しみの涙もかわかぬ時に、男がそういう振舞いに及ぶなど、誰が想像できたでしょう。幼い心の中にもわたくしは、葵上さまの御逝去で傷心していらっしゃるあなたをどうお慰めしようかと、あなたを久しぶりで迎える嬉《うれ》しさを押し殺して小さな胸を痛めていたのでした。そんなわたくしの中に、もしかしたら幼い媚態《びたい》を認められ、あなたはふっと、あんなことを思いつかれたのかもしれないと、今のわたくしには考えられもするのです。

あの起き出ることさえ恥ずかしかった朝も、もはや遠い茫々《ぼうぼう》の昔になりました。あの頃はなんと物想《ものおも》いが少なかったことかと、なつかしまれます。

あなたという世にも高貴で美しい、女たちすべての憧れの方に愛され、引き取られ、世間ではわたくしほど幸運な女はいないと羨ましがられて、はや二十年近い歳月が過ぎ去っているのです。その間に、わたくしはなんとおびただしい愛をあなたからいただいたことでしょう。同時に、なんと深い悲しみや悩みをも、味わわされたことでしょう。

愛の喜びは同量の苦悩でしかあがなえないものなのでしょうか。

こんなに苦しいなら、愛などと無縁でいられたらどんなに楽だろうと、何度思い、涙を流したかしれません。

あなたはよく、わたくしの唯《ただ》ひとつの欠点は嫉妬深いことだとおっしゃいますが、嫉妬は愛の証《あかし》だとわたくしは思います。嫉妬もしないでいられるのは、愛してなどいないのです。あなたはよく花散里《はなちるさと》の方《かた》を女の理想のようにおっしゃって、あのお方に嫉妬心など全くないとほめられます。果たしてそうでしょうか。嫉妬心などほのめかしてあなたに嫌われるのが怖くて、あの方は、まるで心のない人のようにいつでもおだやかに、にこにことあなたをお迎えになるのではないでしょうか。もし、ほんとうに嫉妬心がないなら、あの方のなかにはとっくに愛の炎は消し尽くされているのだと思います。

あなたはよく故六条御息所《ろくじょうのみやすどころ》のことを、申し分のない理想の女性なのに、人一倍嫉妬心が強くて、それが魔性のように見えて恐ろしかったと洩《も》らされます。魔か鬼になるほど、妬心《としん》が燃えたぎっていた御息所の愛の激しさが、わたくしには想像しただけでも胸が痛くなるほどわかります。

自尊心も嫉妬も、同質の女の性《さが》で、切っても切れず共存するものだと思います。明石《あかし》の君《きみ》にわたくしが無関心になれないのは、あの方の中に並々でない自尊心を見るからなのです。二言めには身分が低いからとあなたはおっしゃいますが、受領《ずりょう》の娘と、親はありながらみなし子同然のよるべもないわたくしと、どちらがわびしい身の上でしょうか。

あなたが都に呼び寄せようとなさっても、なかなか応じられなかった気位といい、六条院《ろくじょうのいん》へ入るのも最後まで抵抗なさった情の堅さといい、明石の君を支えているのは気位と自尊心でよりあわされた固い背骨だと思います。それだけに、あの方のお胸の中の嫉妬の炎の熱さが、わたくしには自分の胸の火のようになまなましく熱く伝わってくるのです。

わたくしは立場上、おそらく、無数のあなたの想い者や片想いの女性《にょしょう》から恨まれていると思います。けれども、その人々のすべての怨恨《えんこん》と妬情《とじょう》をあわせても、明石の君のわたくしに対する嫉妬には及びもつかないのではないでしょうか。

それがわかるだけに、わたくしはあの方に、時には同類の親愛感さえ抱くことがあるのです。あの方の辛《つら》さも悲しさも、わたくしがこの世では一番理解できるのだと思います。

もしか、いつかお互いに顔をあわせ話しあう日があるとしたら、わたくしたちは誰よりもわかりあえる友情に結ばれるのではないかとさえ思います。

でも、おそらく、この世ではそんな日は来ないことでしょう。

他のどの方々に対してより、わたくしが明石の君にこだわる理由がもうひとつあります。

それは、あなたが須磨《すま》に流されていたあの辛い日々に、わたくしを裏切ったという事実です。あなたが流される前、わたくしは何度あなたに取りすがり、一緒に連れていってくれと頼んだことでしょう。一度はあなたも、わたくしのあわれさに思いあまって、世間のそしりなど無視して連れて行こうかとまで決心してくださいました。それなのに結局、周囲の人々に、それではかえってあなたのお名をけがすからといさめられ、わたくしはとうとう都にひとり取り残されたのです。いっそあの時、わたくしは出家してしまえばよかったのだと、今日このごろ、つくづく悔やまれます。

あなたのいない日々、わたくしは世の中の尼よりも尼らしい生活をしておりました。思うことは、ひたすらにあなたばかりでした。朝夕の祈りにも、あなたが御無事であれと頼むことしかありませんでした。

あの時流した涙の量は、人の生涯に流す涙の分量をすべて使い果たしたと思ったほどです。

あなたにお手紙を書くことだけが生き甲斐《がい》の日々でした。あなたのお便りも情にあふれ、あたたかさにあふれていました。それを読むとわたくしはまた涙にむせぶのです。一時は泣きすぎて、目を悪くしてしまいました。もし、あなたがお帰りになった時盲《めし》いてしまい、お姿が拝せなくなってはと恐れ、あわてて泣かない努力をしたものです。

まさか、いくらか浮気なあなたでも、あの苦しい歳月の中で、あの辛い別れの最中《さなか》に、他の女の人に情を移すなど誰に想像できたでしょうか。

あなたが明石から、それとなく事実をほのめかして来られた時、わたくしはお手紙を読むなり気を失い、そのまま半月ほどは枕も上がりませんでした。もう死のうと思い、食事を一切断とうとしたのです。女房たちがあまりにも泣いていさめ、断食をやめないなら自分たちも一緒に死ぬと申しますので、とうとう死を貫くことができなかったのです。

わたくしはあの日から、あなたを信じなくなりました。情けないことに、そんなあなたをまだ愛している自分が口惜《くや》しく、できることならあなたを殺し、自分も死にたいと思ったほどです。

六条御息所はあの頃、斎宮《さいぐう》について伊勢《いせ》にいらっしゃいましたが、ある日など、わたくしは御息所なら、この苦しさはわかってくださるだろうと、御息所に長い手紙を書いたものです。読みかえしてさすがに恥ずかしく、火中に投じてしまいましたが、生霊《いきりょう》になる怨念《おんねん》がわたくしの中にもあるような気がいたしました。

女は誰でも愛を裏切られた時、六条御息所になるのではないでしょうか。

明石の君があなたの御子《みこ》を産み落とされたと聞いた時も、わたくしは尼になろうと思いました。それが果たせなかったのは、あなたへの執着だけではありません。今だから白状してしまいます。それは明石の君への復讐《ふくしゅう》が出家してはできないと思ったからなのです。

わたくしが生きているかぎり、あの方はわたくしの座に坐《すわ》ることはできないはずです。わたくしは死んではならないし、出家してもならないのです。

なんという恐ろしい女と、おぞけをふるっておいででしょうか。

明石の君と姫君を都へ呼び寄せられ、嵯峨《さが》のあたりにお住まわせになった時も、わたくしはなんの相談も受けませんでした。

あなたが、嵯峨へお通いになりはじめて、わたくしはすべてを知ったくらいです。あの頃のあなたが、それでもわたくしに気がねをして、物詣《ものもう》でにかこつけて、嵯峨へ月に二度はお出かけになり、そのたび二日ほど泊まっていらっしゃるのを、わたくしはどんな想いで耐えたでしょう。

あなたはそのうち、姫君の愛らしさをひとりでは心にたたみきれず、ついわたくしに洩らされるようになりました。わたくしはそのたび顔色も変えず、姫君の愛らしさに自分もつりこまれたように笑い声をたてたり、

「なんて可愛《かわい》らしいこと、お逢《あ》いしてみたいわ」

などと言ったものです。

「あなたに似ていらっしゃるの、あちらに似ていらっしゃるの」

さりげなくかまをかけても、あなたは敏感にはっと表情をひきしめ、

「その手には乗りませんよ。姫君の容貌から、あちらの顔つきをさぐろうとしているのでしょう」

など、憎らしいことをおっしゃるのです。

嵯峨から帰った時は、あなたはいつにもまして情熱的にわたくしを抱いてくれました。

「幼い人に惹《ひ》かれて時々あちらへゆくのを許してくれるでしょう。あなたをおいて、わたしの心はどんな女にも動かないのだから」

など、ぬけぬけおっしゃるそのお口で、嵯峨ではどんな睦言《むつごと》を囁《ささや》かれてきたことやらと、わたくしの心は冷めきっておりました。

六条院が建った時も、その中へお招きになる方はどのお方かと、わたくしはあれこれ想像しておりました。

花散里の方に対するあなたの不思議なほどの愛情は、見馴《みな》れているので、きっとお呼びになるだろうと思いました。

その他に、朝顔《あさがお》の前斎院《さきのさいいん》をお迎えになるのではないかと思っていたのです。

前斎院に対するあなたの御執心は、もう世間では誰知らぬ者もないほど有名に

なっておりました。

故桃園式部卿宮《ももぞののしきぶきょうのみや》の姫君でいらっしゃる前斎院は、あなたとは従姉弟《いとこ》の間柄でいらっしゃいます。わたくしとめぐりあわれる前から、朝顔の姫君にあなたは想いをおかけになっていらしたのですね。あなたの情熱的な求愛をいつもすらりとおかわしになる姫君は、なんと聡明《そうめい》なお方でしょう。

女房たちの例の情報では、姫君は、六条御息所があなたに捨てられておしまいになったのを目《ま》の当たりに御覧になり、あなたのような浮気な方には決してなびくまいと御決心あそばしたとか。

それでもあきらめきれず、何かにつけてお文《ふみ》を送られるあなたに、姫君がすばらしい御筆蹟《おて》で気のきいた御返事をかえされるのは、あながちに義理ばかりとも見えませんでした。きっと、朝顔の姫君も心の内ではあなたをお慕いになっていながら、やはり高貴の御身分から気位がお高く、六条御息所のようなみじめな想いは絶対なさりたくないと考えていられたのではないでしょうか。

桐壺院《きりつぼのいん》の御崩御に当たって、従姉妹の斎院がおりられた代わりに、朝顔の姫君が新しい斎院に立たれてしまったので、あなたは恋を神に奪われたかたちになり、かえって想いをつのらせておいでのようでした。

あの頃わたくしはまだあなたに引き取られて間もない幼い頃のことで、そんないきさつはほとんど理解もしなかったものです。それでも、女房たちの噂話《うわさばなし》は、あなたに関することならすべて耳さとく聞き入れて、記憶の底にしっかりと縫いつけてあったと見えます。いつの間にかわたくしも女として成長し、恋心も覚えてしまうと、あなたのまわりにどれほどの女人の影がとりまいているかが自然にわかってくるようになったのです。そして、わたくしにはじめて嫉妬という情念を呼びさませてくれたのが、朝顔の斎院であったというのも、何かの因縁なのでしょうか。

朧月夜尚侍《おぼろづきよのかん》の君《きみ》こそ、あなたにあんな流謫《るたく》の苦杯をなめさせた張本人でいらっしゃるのに、なぜかわたくしはあの方に嫉妬心がわかないのです。事件が情事というにはあまりに大きく騒ぎたてられ、醜聞として政治に利用されたせいもあるのでしょうか。

あの時、御自分の不用意からとはいえ、朧月夜の君が一身にいさぎよくその責めをお受けになってしまわれたからなのでしょうか。

東宮妃《とうぐうひ》への道も断たれ、世間には顔もあげられないような不名誉が流された朧月夜の君は、わたくしには恨めしい方とはいえ、その受けられた制裁の大きさはあまりにもいたましいものでした。恋の相手が、あの御一族の最も憎むあなたでなかったならば、朧月夜の君もああまで無慚《むざん》な咎《とが》めは受けなかったのではないでしょうか。

女としての名誉も誇りも捨ててかえりみない朧月夜の君の情熱と勇気は、敵ながら天晴《あっぱ》れというほかありません。いえ、それは後になって考えついたことでしょう。あの当時は、あなたの悲運に動転して、あなたの悲運の引き金となった人まで恨むゆとりさえなかったというのが本音だったと思います。

はっきり申しましょう。わたくしは朧月夜の君の破滅型の情熱に憧れているのかもしれません。あなたに教育され、あなたの好む理想の女性像の鋳型にはめこまれてしまって、手も足も出なくなったわたくしの中に、もしかしたら、朧月夜の君と似た向こうみずの情熱が押し殺されていたのかもしれません。

自分の一生があなたのおかげでなんの破綻もなく過ごせることに、わたくしの本心は常に反逆を夢みていたのかもしれません。

わたくしは取りすました理性や上品ぶった知性や、程をわきまえた常識などが本当は大嫌いなのです。だから、はっきりいえば、明石の君や朝顔の前斎院を好きになれないのです。

ふたりとも揃《そろ》ってお澄ましで、お利口さんで、人に嘲笑されるようなへまなことはなさいません。そういう過不足のなさが、わたくしは嫌なのです。そういう女性にあなたが愛をお感じになり、いとしがられたり、憧れたりなさるのが我慢ならないのです。そこに嫉妬が生まれるのです。

わたくしは六条御息所に一度だって嫉妬めいたことを覚えたことがありません。あのけたはずれの情熱は、まぶしく、力強く、憧れさえ誘われるからです。

花散里の方に嫉妬する女はいないでしょう。なぜなら、あの方は、保身のために情熱の火をいち早く灰にしてしまわれているからです。いえ、そういうふりが身についてしまわれたからです。

たぶん、あなたは六条院の構想の中に、朝顔の前斎院をお迎えする夢を織りこまれていたと思います。世間は今でも、あなたが長い恋を抱きつづけていると信じていますし、今では斎院をおりられたあの方が、あなたの夫人のひとりとなるのに、なんの不都合もないからです。

けれども、あのお利口さんは、ついにあなたの情熱を拒み通されました。それはわたくしにとって快哉《かいさい》であるはずなのに、それと知ると、かえってわたくしはあの方を憎みました。あの方は計算し尽くされていらっしゃるのです。多情で移り気なあなたの想いを叶《かな》えたが最後、あなたの愛を失う日に近づくのだということを。あなたを拒み通せば、あなたの報いられない恋はいっそう炎の色を強め、燃えつづけるということを。

前斎院の代わりにやっぱり明石の君が迎えられ、その上、思いもかけなかった玉鬘の姫君という付録までついてきたのです。

降って湧いたような玉鬘の姫君の出現は、劇的であっただけに、様々な想像もかきたてられました。

あなたはわたくしの嫉妬と誤解の恐ろしさに、いち早く、実は夕顔《ゆうがお》の君《きみ》の忘れ形見で、本当の父上は内大臣、その昔の頭中将《とうのちゅうじょう》だと打ち明けてくださいました。

「あんまり可哀《かわい》そうな境遇で苦労しつづけてきたので、少しの間、わたくしが面倒を見て、適当な時をみはからって、実の父に引き渡してあげようと思うのです」

理に適《かな》った説明を、真面目《まじめ》くさってなさるあなたの本心がちらちら見えて、わたくしははじめから、そんなきれいごとですむものかと思っていました。

いくら反対したって、結局は、あなたは御自分の思い通りにすべてを強行してしまわれるお方なのです。天子さまより、更に権力のある専王なのです。天上天下にあなたは怖いもののない独裁者なのです。

案の定、あなたはみるみる姫君の若さと美しさに魂を奪われてゆきました。

花散里の方にあずけられ、あなたの西《にし》の対《たい》詣でが始まりました。一日として玉鬘の姫君のいらっしゃる西の対通いを欠かしたことがありませんでした。いいえ、風や嵐の日などは、常にもまして顔色を変え、駆けつけておあげになるという御熱心さです。

「また、あなたの悪い癖がお顔に出ていますよ」

わたくしの妬心を見抜いたというふうに、先がけて冗談にしてしまわれるあなたのずるさに、負けたふりをしてあげながら、わたくしは成行きを見つめておりました。

若い公達《きんだち》の心をそそったり、純情な蛍 兵部卿 宮《ほたるひょうぶきょうのみや》と取り持ちするように見せかけ、あなたは玉鬘の姫君を他の男の手にお渡しになる気などはさらさら持っていなかったのです。もちろん、実の御父の内大臣にさえお渡しなさろうとはしないのです。

姫君があなたの誘惑に堕《お》ちなかったのは、わたくしには偶然としか思われません。熟れきった木の実が今にも自然に自分の重みに耐えかねて、枝を離れるその瞬間の輝きを、あなたは掌に受けとめたいという贅沢《ぜいたく》な夢を、ひそかに愉《たの》しんでいられたのではないでしょうか。

帝《みかど》にお仕えさせるという案がどこから出たのか、わたくしにはここでも御相談もされませんでした。

大原野《おおはらの》に行幸《ぎょうこう》があって、みんなで見物に出かけた後、

「帝の美しさに、さすがに物堅い西の対の姫も心が動いたようですよ。帝はすば

らしい方でしょう、宮仕えの心が動きませんか、と訊《き》いたら、赫《あか》くなっていた。中宮もわたしの養女として入内《じゅだい》していらっしゃるし、同じわたしの娘分では具合が悪いでしょう。実父の内大臣に打ち明けたところで、あちらはまた弘徽殿《こきでんの》女御《にょうご》が上がっていることだし、さてどうした後見《うしろみ》をつけたらいいだろうね」

などと、わたくしにおっしゃいました。わたくしはあきれて、

「どんなに帝が御立派でも、女のほうからわざわざ宮仕えを願い出るなんて聞いたこともありませんわ」

と、精一杯皮肉を言ってあげましたが、どこまで通じたやら。あなたはすぐ、

「裳着《もぎ》の時までに内大臣に打ち明けよう」

と、晴れ晴れとおっしゃいました。尚侍《ないしのかみ》としてお仕えするには、家柄が高く、世間の評判もよく、暮らしに困らないということが条件ですから、どちらの御子としたところで、玉鬘の姫君は尚侍としては適役ということになります。

いよいよ、あとは出仕を待つばかりになった頃、突然、思いもかけなかった髭《ひげ》黒右大将《くろのうだいしょう》が、誰かの手引きで、姫君と通じてしまったのです。あの時のあなたの口惜しがりようこそ、傍《はた》から見て、ああやっぱりそうだったのかとうなずかれたものです。髭が黒々としていかつく、気の利かない風情をしている右大将は、西の対の女房たちの間でも人気がないようでしたし、一見、武骨一方で、堅物《かたぶつ》の

ように思われているけれど、結構、艶聞《えんぶん》もある方だとわたくしは聞いています。右大将のお手がついた女房の木工《もく》の君と中将のおもとの縁つづきの者がふたりながらわたくしの女房の中にいて、そこからの情報がこまかに入っていたのです。そのひとりが、わたくしに忠義顔したがる才走ったさえだという女房なのでした。

右大将の北の方といえば、わたくしの父と継母の間に生まれた長女ですから、腹ちがいの姉に当たります。継母にはまるで物語のように継子いじめをされた仲ですから、わたくしとは縁の薄い姉でした。同じもうひとりの姉は、帝の王女《おうにょう》御《ご》として宮中に入っています。また右大将の御妹は、朱雀院《すざくいん》の承香殿《しょうきょうでんのにょうご》女御で、東宮をお産みになっていらっしゃるのですから、お家柄としては申し分ない御立派なものでした。

右大将の北の方になった姉が、大変な持病を持っていて、時々、頭が逆上して、その時は異常な振舞いが多いことは、さえだが聞きこんできました。

玉鬘の姫君にのぼせきった右大将に対して父の式部卿宮《しきぶきょうのみや》が大変立腹し、そんな恥辱を受けるより家に引き取ると言って、連れ帰ったという話も聞いています。

その時のまるで物語のような愁嘆場の話を聞くにつけ、わたくしもお気の毒で、日頃は姉とも妹とも思わぬ間柄なのに涙が出てなりませんでした。十二、三歳になる姫君が、格別右大将になついていて、住みなれた家を離れたくないと言って、日頃寄りかかっていた真木柱《まきばしら》に抱きついて、立とうとなさらなかったというのです。北の方は、二人の男の御子は、いずれ父方に育ててもらうとしても、姫君だけは御一緒に連れていこうと考えておいでだったので、

「今になって、そんなに強情をはって残りたいのですか」

と叱って泣かれたり、怒ったりなさったといいます。姫君は泣く泣く、

「今はとて宿離《か》れぬとも馴れきつる
　真木の柱はわれを忘るな」

とお書きになった紙を、柱の割れ目に笄《こうがい》（髪の乱れを整える箸状の道具）の先でさしこまれたとか……。なんというういじらしいことでしょう。

それを見た女房たちもたまらず、みんなでさめざめと泣きあったということでした。右大将の側の女房だったので、木工の君は残り、中将は北の方について、お里へお供しました。そのため、父の邸《やしき》に帰ってからの情報もくまなくわたくしのほうに届いてきたのです。わたくしに対して徹底して意地の悪かった継母は、北の方が帰ると、泣き騒いで大変な荒れようだったといいます。父に向かって、

「あなたは光 君《ひかるのきみ》さまを紫 上《むらさきのうえ》のおかげで結構な御縁者と思っていらっしゃるようだけれど、わたしはあの方を前世からの仇 敵《きゅうてき》にちがいないと思いますわ。うちから入内している王女御に対してだって、何かにつけて辛く当たられているし、

あてつけがましく、六条御息所の姫君を養女にしてまで入内させ、ことごとに王女御に恥をかかせていらっしゃるじゃありませんか。

それもこれもみんな、須磨に流された時、あなたが弘徽殿女御の御勢力をはばかって娘婿に当たるあの方になんの援助もさしのべず、残された紫上を見捨て放しにしたことを根にもって怨《うら》みつづけていらっしゃると世間もいい、あなたもそう口癖に言っていらっしゃいますが、そんなことって許されるのでしょうか。紫上が可愛いなら、その里に当たるわが家に対して、もっと敬意を表するのが義理というものでしょう。こんな晩年になって、出生も不確かな継娘の世話をされ、自分の罪ほろぼしに、律義者で浮気しそうもないとみこんで右大将を引き入れ、あてがうとは、なんというなさりようでしょう」

とわめかれ、父が、

「ああ、やめてくれ、聞き苦しい。光君は賢い人のことだ、かねてからこういう報復をしようとたくらんでいられたのだろう。睨《にら》まれたのがこちらの不運だ。わたしにだけではない。失意の時に受けた怨みはさりげなくすべてはらしていられる。あの頃よくした者にはいい報いもしていられる。わたしはこうされても仕方のない冷たい仕打ちをあの時しているのだから、あきらめるしかないだろう。それでも、わたしだけには紫上の実父という縁で、五十の賀の時は世間で愕《おどろ》くほど立派に祝ってくださったのだから、あれをまあ最後の面目と思っていればいいのだ」

と言うと、継母はいっそういきりたって、ののしりわめき、まるで北の方の乱心の時とそっくりの様子になったということでした。

そんなことを聞くにつけ、わたくしはやっぱり情けない恥ずかしい思いがして、気がふさいでしまいました。

あなたが、父の式部卿宮を決して許していらっしゃらないのを誰よりもわたくしが知っているからです。あの頃の父の冷淡さを思うと、それは当然のことながら、やはりわたくしは、寛大でやさしいと世間から評されるあなたの中に、なんともいえない執念深い、恐ろしいもののひそんでいるのをみとめて、それが空恐ろしいのです。王者のみの持つ残忍さのようなものがあるといえば、あなたはお怒りになるでしょうか。あなたは自分の受けた辱めに対しては、必ずそれ相応の報復をなさるのです。そして、そのやり方は徹底しているように思われます。

秋好中宮《あきこのむちゅうぐう》を、斎宮に発《た》たれる時からお目にかけられ、想いつづけていられた朱雀院《いん》が、ぜひ院へ迎えたいと望んでいらっしゃったのを百も承知で、藤壺《ふじつぼ》の女《にょ》院とひそかに計って、まるで朱雀院のお気持に気がつかなかったふりを装い、しゃにむに中宮にあげてしまった時のやり方を見ていて、わたくしはなんだか朱雀院がお気の毒で、女院とあなたのやり方があんまりだとひそかに思ったものでした。

須磨に流された怨みを朱雀院に対しても決して忘れはしていないし、許されてはいないのです、もとはといえばその朱雀院の一番大切にしていらした朧月夜の君をあなたが盗まれたのですから、怨みはむしろ院のほうにあって当然なのに。

こっそり教えましょうか。髭黒右大将をあの土壇場で玉鬘の姫君のところに導いたのは、わたくしの女房の権謀家第一といわれるさえだのしたことなのだそうです。

さえだが、自分の異腹の妹の弁《べん》のおもとが西の対にお仕えしているのを利用して、言いふくめて指図して、あんな思いもかけないことにしてしまったというのです。どこまでが本当の話かわかりません。さえだは作り話の上手な女ですし、才走っていて、いつも考えの走りすぎる女ですから、そんな話でわたくしを面白がらせただけかもしれません。でもあなたがこれを聞かれたら、さえだにどんな報復をされるかと怖いので、この話はやっぱり内緒にしておきましょう。

玉鬘の姫君にはあなたの娘分という建て前上、じきじきお目にもかかり、東《ひがし》の対《たい》へも時折はいらっしゃって、親しくなりましたから、その華やかな美しさは存じています。なるほど、あなたが執心なさったのももっともとうなずけました。

けれども、明石の君にはお逢いしていません。それだけに、あなたの洩らされる話のはしばしやあなたの選ばれる衣裳《いしょう》などから実像を想像するしかないのです。わたくしより一歳年下だけれど、わたくしよりしっとりした落着きがあり、わたくしのように単純であけっぴろげではなく、おなかの底を決して人に覗かせない、慎重で陰影の深い方なのだと思います。

御自分の出自を気にして、何から何まで努力で人並以上になろうと励まれ、そのすべてを身につけられた方なのでしょう。

世の中で誰を怨んでいるといって、あの方にとってわたくしほど怨んでいる者はいないのではないでしょうか。たったひとりの掌中の珠《たま》の姫君を、あまりにも無造作にわたくしに奪われた時のあの方の怨みは、わたくしにもひりひりと伝わってきますもの。それでも姫君の将来の幸福のためにという大義名分で姫君をこちらに引き取ったのは、果たしてそれだけの意味だったでしょうか。

あなたはわたくしの深い嫉妬をなぐさめる手だてがなく、嵯峨へゆく道もふさがれそうなのを恐れて、最後の手段として姫君をわたくしに引き渡すということを思いつかれたのかもしれません。子供が好きだからなどという単純な理由だけで、いくら単細胞のわたくしでも、恋敵《こいがたき》の産んだ姫君を引き取ったりするでしょうか。わたくしの中にもあなたの計画に参加する考えがあり、いわばわたくしは明石の君から、あの可愛らしい、命より大切な方を奪う陰謀の共犯者なのではないでしょうか。

もちろん、あの姫君の可愛らしさに、わたくしの醜い復讐心などすべてかき消され、心も清められ、無垢《むく》な愛をそそいで大切に、大切にお育て申したことだけは、神仏にかけて誓えます。だからといって、明石の君に与えた苦悩が薄められたということはないでしょう。

まして、六条院に共に住み、目と鼻の先にいて、まだあの方は実の姫君をかいま見ることも許されていないのです。

いつの日か、この報いはきっとわたくしの上に充分にかえってくると思われます。

六条院のこの世の極楽といわれる栄華の中心に住み、華やかな日々を過ごしながら、わたくしはなんともいいようのない不安な翳《かげ》りを前途に感じてなりません。

今こそ、あらゆるものを手に入れ、世の中の誰よりも光り輝いていらっしゃるあなた。あなたは、そんな恐れの影など、昼の星影ほどにもお感じにはならないのでしょうか。

藤裏葉

ふじのうらば

夕霧《ゆうぎり》の乳母《めのと》宰相《さいしょう》の君《きみ》のかたる

長生きはするものだと、このごろつくづくわが身の果報につけても思います。わたくしは御縁があって、早くから、光君《ひかるのきみ》さまと御正妻の葵上《あおいのうえ》さまの間にお生まれになった、一粒種の夕霧《ゆうぎり》の君《きみ》さまの乳母として、お仕え申した者でございます。宰相《さいしょう》の君《きみ》と人々からは呼ばれております。

お可哀《かわい》そうにこの御子《みこ》はお生まれあそばすとすぐ御生母に死別なさいましたのも、前世からの因縁なのでしょうか。その後はずっと御生母の御生家の、左大臣家でお育ちになりました。

光君さまが十二歳で御元服なさった時、左大臣さまが加冠《かかん》の役をお務めになり、その夜の添臥《そいぶし》に御自分の姫君の葵上さまをさしあげたのでした。葵上さまの母君は、桐壺帝《きりつぼてい》の御妹君の内親王でしたから、光君さまと葵上さまは従姉弟《いとこ》の間柄でした。姫君のほうが四歳の年かさでいらっしゃいました。

葵上さまは、高貴の姫君で、深窓にお育ちなので、それはもうお上品で申し分なく美しいお方でしたが、女らしい愛嬌《あいきよう》には欠けていらっしゃったかもしれません。御自分から若い光君さまのお気持を汲《く》むとか、御機嫌をとるとかいうことは、全くおできにならないのでした。

それも当然で、当時としてはこの上ない御身分に生まれていらっしゃって、末は皇后か中宮の御位におつきになるお方と、誰もが想像していたのですから。事実、その頃、東宮《とうぐう》でいらっしゃった朱雀院《すざくいん》が強く御所望だったのを、左大臣のお考えから、弟君の光君さまにさしあげたといういわくがあったくらいなのです。

けれどもこの御結婚は残念ながら、あまりお幸せだったとは申せませんでした。まだお若くて、誰にでもお好かれになった光君さまは、気品がありすぎて、感情を柔らかく表現できない年上の葵上さまを、きゅうくつにお思いになり、冷たくてかたくなだとお感じになったようでした。葵上さまのほうでは御聡明《ごそうめい》な方なので、それを敏感に感じとられ、好かれていないというお気持からいっそう殻に閉じこもり、素直に打ちとけないというところがおありでした。

左大臣さまや御生母の大宮《おおみや》さまが、それはお気をお遣いになられ、婿殿のお世話をなさればなさるほど、お二人の不仲は世間にも洩《も》れてしまうほどになりました。

それでも、はじめて御懐妊なさった時は、これで光君さまのお心もつながれようと、みんなして期待したのも束《つか》の間《ま》、お産で葵上さまがあえなくお命を落とされたのですから、ほんとうに薄幸なお方でございました。

わたくしは、御子がお生まれになる一か月前から、乳母となるべくお邸《やしき》に上がっておりましたので、葵上さまの恐ろしい御臨終の模様もみんな目《ま》の当たりにしております。大きな声では申せませんが、世にもおどろおどろしい物《もの》の怪《け》に憑《つ》かれ、苦しみぬいて御逝去なさったのです。その物の怪は、光君さまのお通い所のひとつであった六条御息所《ろくじょうのみやすどころ》の生霊《いきりょう》だという噂《うわさ》が、まことしやかに立ったものでございます。

六条御息所の車を祭見物の時、葵上さまの家来たちが、さんざん辱めたという事件があったりしたせいで、無責任な噂が広まったのだと思います。

お可哀そうな若君は、左大臣御夫妻に不憫《ふびん》がられ、その分大切にされて、何不自由なく左大臣家でわたくしの乳をおのみになり、すこやかにお育ちになりました。

左大臣が亡き後は、御祖母の大宮さまの御寵愛《ごちようあい》を一身に受けて、お膝下にいらっしゃいました。

お父上と同じく十二歳で元服なさいました。その時、世間では当然、四位になさるだろうと期待していましたのに、どういう深いお考えから出たものやら、光君さまは若君を六位のままで元服後もおかれましたので、世間も大宮さまも奇異なおはからいだと愕《おどろ》かれました。当の若君が一番不本意であられたのは当然です。大宮さまが光君さまに、そのことで苦情を申しあげるのを聞いたことがあります。光君さまは、

「わたくしに考えがあって、大学寮に入れて、うんと勉強させたいのです。そのため、位などにこだわらず、学問だけに心を向けさせようと思います。やがて学問でお役に立つようになれば、位など自然についてくるものです。身分の高い家に生まれると、官職も位階も思うままになりますが、実力も伴わないのに親の七《なな》光《ひかり》でそんなことになっては、結局本人のためになりません。わたくしの亡くなった後も、人にあなどられず、実力で世の中に立てるよう、遠い将来のことまで考えてこうしたのです」

と、理路整然と御説明になりました。道理にはうなずけても、やはり若君へのなされようが不満で、大宮さまは納得のいかない表情をしていらっしゃいました。

その頃から、大宮さまのお邸には、御長男の内大臣の姫君がひとり預けられていらっしゃいました。内大臣には御子たちが十余人もあり、それぞれに出世して

栄えていらっしゃいましたが、姫君はおふたりで、おひとりはすでに女御になって入内《じゅだい》していられます。もうおひとりは、母君が王族でお血筋は由緒あるお方でしたが、今は按察使大納言《あぜちのだいなごん》と再婚されていて、そちらに御子たちが大勢お生まれになったので、継子の立場で他の兄弟たちにまざっているのはよくないと思われ、大臣が引き取って、大宮さまにお預けになったのでした。

こうして祖母君の許《もと》で夕霧の若君と御一緒に姉弟のように睦《むつ》みあってお育ちになった姫君でした。十歳になった頃からは、お部屋も別々になさって、けじめをおつけになったものの、すでに幼いながらおふたりの仲にはいつのまにか恋がめばえていたのでした。

監督役の乳母としては全くお恥ずかしいことですが、雛《ひな》遊びの頃から姉弟のように馴《な》れ親しんでいらっしゃるおふたりは、格別無邪気にも見えて、つい油断がありました。お年に似ずその道ばかりはませていられたのか、いつどうなったか、わたくしどもが気がついた時はすべて後の祭りでした。

そのうち光君さまは、若君をなお一層、勉強専一にさせるなどと言われ、光君さまの御造営になった二条の東の院に学問所を作られ、そこへお引き取りになりました。

それまでは夜も昼も、御面倒を見て可愛《かわい》がっていらっしゃった大宮さまはお淋《さび》しくなり、どうしてこうも光君さまは夕霧の若君に厳格になさるのかと怨《うら》んでいらっしゃいます。それからは今までとちがって、一か月に二、三度、御機嫌伺いにいらっしゃることだけが許されていました。わたくしどももみんな、光君さまのなさり方には納得がゆきませんでした。

夕霧の若君も、

「ずいぶんひどい仕打ちだと思うよ。こうまで苦しい勉強をしなくたって、世間で充分高位高官に上っている人だっているのに」

と、大宮さまの所へいらっしゃれば、ついわたくしたちにぐちをお洩らしにもなるのでした。

逢《あ》えなくなってから、幼いふたりの恋はいっそうつのりました。不用意に恋文《こいぶみ》を落としたりなさるので、すぐわたくしたちにはわかってしまいました。だからといって、この秘密を光君さまや内大臣さまに告げ口するなどとは考えもしませんでした。

光君さまが太政大臣《だいじょうだいじん》、右大将が内大臣になられたのはその頃のことでございました。

内大臣は御自分の姫君を弘徽殿女御《こきでんのにょうご》として誰よりも先に入内させてあったのに、光君さまが後ろ楯《だて》になっている六条御息所の忘れ形見の斎宮《さいぐう》の女御が後から入内して、ことごとに弘徽殿女御を圧倒される上、ついに后《きさき》の位まで斎宮の女御のものとなったので、たいそう不機嫌でいらっしゃいました。この上は大宮さまにお預けしてある姫君を、東宮の妃《きさき》にお入れしようと考えておいでのようでした。

ある日のこと、内大臣が大宮さまのところにいらっしゃって、姫君の箏《そう》の琴《こと》と、和琴《わごん》の合奏などされているところへ、夕霧の若君が偶然いらっしゃいました。内大臣は姫君を几帳《きちょう》で隠して、若君をお入れになりました。

「あんまり勉強ばかりしているのも感心しませんね。いったい御父上はどうして、こうまであなたに厳しく学問をすすめられるのでしょう。まあ、今夜はくつろいで音楽でもゆっくりおやりなさい」

と言って、笛をおすすめになりました。若君は笛の名手でいらっしゃったので、若々しくそれは清らかな音をお出しになります。女房たちはうっとりして聞き入りました。

内大臣は姫君を遠くの部屋へ去らせてしまい、琴の音さえ聞こえないように気を配っていらっしゃいます。その夜は、若君も仕方がないので早くお帰りになりました。

内大臣はその後、馴染みの女房のところへこっそり忍んでいらっしゃり、夜明け前、そこからまた身を細くして、忍び出ようとした時、女房たちがこそこそ喋《しゃべ》っている声を聞いてしまわれました。

「賢そうに威張ってらっしゃるけど、やっぱり親御さまね。知らぬが仏よ」

「きっと今に何か起こるわね。子を知るは親にしかず、なんていうけど、真っ赤な嘘《うそ》ね、あれは」

真相を知った内大臣は、すっかりあわてふためき、口惜《くや》しさも一入《ひとしお》でした。二日ほどして、また大宮さまを訪ね、

「お世話をお願いした姫が、夕霧の若君と忍び逢っています。そんなぶざまなことになるようお預けしたのではない。従姉弟同士の縁組みなど世間で軽々しく思いあなどられましょう。こちらにお預けしたのは、一家の主婦らしく、姫君をしっかり躾《しつ》けていただきたかったからです。それなのに、こんなことになってしまって」

と、お泣きになるのでした。日頃、強気で豪快な方だけに、見ていてもお気の毒なほどのこたえようでした。

大宮さまは夢にもご存じなかったことなので、びっくりなさり、まだ信じがたく、

「世の中には、根も葉もないことを噂しあって、問題を起こすのを面白がる人もいますからね」

と、疑っていらっしゃいます。

内大臣は、わたくしども女房に向かっても監督不行届きの点をきびしくお叱りになりました。

「尊い帝《みかど》の大切になさっている姫宮でも、間違いの起こることはございます。それはまわりの女房たちが文使《ふみづか》いをしたり、こっそり手引きをしたりするからです。でも、あのおふたりはお小さい時から、朝晩、御一緒に姉弟のように育っていらっしゃるのです。一年ほど前からはお部屋も一応別になさいましたが、日頃から仲のよいお二人が、それでも自然に親しくふるまわれるのを、わたくしたちでどうすることもできません」

と、口惜しがってお答えしたのでした。

「この上は、決してこのことを外に洩らさないように」

とおっしゃって、内大臣は不本意そうにお帰りになりました。

大宮さまは姫君より若君のほうをずっと可愛くひいきに思っていらっしゃいましたので、内大臣の帰られた後も、

「元服した青年が誰かを愛したって当たり前じゃないか。それに姫君を、東宮にさしあげるのを断念すれば、こんないい結婚の相手がまたとあるだろうか。夕霧の若君なら、内親王とだって結婚できるお方なのに、あんなにひどく泥棒猫のよ

うに言われる筋はない」

と、心から内大臣に腹を立てていらっしゃるのでした。

そうとも知らない若君は、その翌日も姫君に逢いたくて訪ねていらっしゃいました。前の日は内大臣のせいで、ゆっくり話もできなかったからです。

大宮さまが、まず、いつもとちがう硬い表情で迎えられ、

「大変なことになってしまいました。あなたと姫君のことで、内大臣からすっかり嫌味を言われてしまいました。本当の話なら困ったことをしてくれましたね」

と、ひとまずお説教をされました。若君は、身に覚えのあることなので、恐縮して真っ赤になって引き下がってしまいました。その足で姫君の部屋のほうへ忍んでいきましたが、いつもとちがって今夜はどこも錠がさしてあって、簡単には入れません。胸もふたがれ、

「この戸をあけてください、わたしです。小侍従《こじじゅう》、小侍従はいないの」

と、しきりに呼ばれます。小侍従は姫君の乳母の娘で、これまで幼い二人の恋文の取次ぎなどしてきたのでした。

姫君はその声を聞いても、どうすることもできず、まして、乳母も女房たちも内大臣が恐ろしいので息をひそめて誰も身じろぎもいたしません。

姫君はまだほんとに無邪気で、こんな大事になっても、あまり事態の重大さが

認識できていない様子で、今までのようにお手紙のやりとりもできないのが悲しいくらいにしか思っていらっしゃらないのです。さすがに夕霧の若君は事の重大さがおわかりになって、ひしひしとわが身の不幸を感じていらっしゃいます。内大臣は大宮さまを怨んで、姫君を急に御自分のお邸にお引き取りになってしまいました。

大宮さまは淋しく口惜しいことに思われたけれども、内大臣の御気性は、こうと思ったら後へ引かれる方でもないので、あきらめてしまわれました。十四歳におなりになる姫君は、美しく御衣裳《ごいしょう》を整えて、大宮さまにお別れの御挨拶にいらっしゃいました。おっとりと落ち着いて愛らしい御様子は、若君が御執心なさるのも尤《もっと》もと思われます。

「朝夕、側《そば》を離さず、お世話してきましたのに、こんなことになってしまって。今、急にお別れしては淋しくてたまらなくなります。老い先の短いわたくしのことですから、あなたの将来も見とどけてあげられないかもしれません」

と言ってお泣きになると、姫君もしおしおと泣いていらっしゃいます。わたくしもたまらなくなって、お側ににじりより、

「若君と同じ御主人さまと思ってお仕えしておりましたのに、こんな口惜しいかたちでお引っ越しなさるのが悲しくて……内大臣さまがほかの方へ縁づけようと

なさっても、決して御承知になってはなりませんよ」

と、小声で申しあげずにはいられません。

大宮さまがお聞きとがめになり、

「そんなことを言っては可哀そうですよ。人の運命はそれぞれで、御自分では、どう決めることもできないのだから……まして女は……」

とおっしゃいます。

「いいえ、内大臣さまは、夕霧の若君を、まるでものの数でないようにおさげすみになっていらっしゃいます。いったい若君のどこが人に劣っておりましょうか。誰にでも聞いてもらいたいものですわ」

腹立ちまぎれに、ついはしたないことを口走ってしまいました。

夕霧の若君が忍んで来られて、こっそり姫君をのぞき見しながら、どうしようもできないでいらっしゃるのが、あんまりお可哀そうで、わたくしがはからって、黄昏時《たそがれ》にまぎれてこっそりお逢わせいたしました。

「大臣のお心があんまりひどいので、もうあきらめてしまおうかと思ったけれど、とてもあきらめられない。どうして、今までにもっとお逢いしておかなかったのだろう」

と、若々しく悲しそうにお訴えになります。

姫君も、

「わたくしも……」

と言うばかりで、心細げに泣いていらっしゃいます。

「別れても、わたしのことを思ってくださるかしら」

と若君が言われると、可憐《かれん》にうなずく御様子は、全くあどけないのです。

そこへ内大臣の御一行がどやどやとお迎えにいらっしゃいました。前駆《さき》の声がして、女房たちが、

「それ、内大臣さまが御所からお戻りになった」

「いよいよ連れていらっしゃるのよ」

と、騒ぎはじめました。姫君はたいそう怯《おび》えてふるえていらっしゃいます。さすが若君は男です。今となっては、

「そんなに騒ぎたてるなら、勝手に騒がせておけ、放すものか」

と、急に一途《いちず》で大胆になり、しっかりと姫君を抱きしめて、放そうともなさいません。

そこへ姫君の乳母が血相を変えて捜しに来ました。

しっかり抱きあったおふたりの御様子を目の当たりにして、

「まあ、なんということでしょう。こんなふうなのをまわりの誰も止めないでい

て……やっぱり、これは大宮さまも御承知でいらしたにちがいない」

と、口惜しがり、

「内大臣さまがお怒りになるのは当然ながら、義理の父上の按察使大納言さまだって、どう思《おぼ》し召すでしょう。いくらおめでたい御縁だといっても、せっかくの御縁組みの相手が、六位の花婿君ではねえ」

と、ぶつぶつ言う声も聞こえてきました。

乳母はふたりのいる屏風《びょうぶ》のすぐ後ろまできて嘆いているのでした。

それを聞いて、若君は口惜しくてたまらずお怒りになり、

「あれをお聞きなさい。わたしの六位を軽蔑してあんな無礼なことをあなたの乳母が言っている」

と、ささやかれるのでした。

内大臣がお着きになって邸内にお入りになったので、あちらの乳母が、無理矢理、姫君を引きたてていかれました。

その後、若君は悲しさのあまり泣き沈まれ、大宮さまがどんなにお呼びになっても行かれず、そのまま泣き明かし、こっそり、東の院へお引き取りになりました。

それはもう見ていても、こちらの胸がつぶれるほどおいたわしい御様子でした。

いくら御父上の光君さまの深い御配慮からとはいえ、元服の時、六位のままにとどめおかれたことがこんな辱めを受ける結果になったと思うと、若君の乳母としてはやはり光君さまをお恨み申さずにはいられません。

六条御息所の忘れ形見の姫君を、后におつけするまで御面倒をみられ、他人の姫君の玉鬘《たまかずら》のお方でさえ、あんなにまで大切にかしずかれてお世話なさった方が、正妻の唯《ただ》一人の御子息である若君には、こうまできびしくつれなく教育なさるのは、どういうお気持からなのでしょうか。

その後は、同じ東の院にお引き取りになっていた花散里《はなちるさと》のお方に、若君の御面倒を見てさしあげるようお頼みあそばしたことでございます。

花散里のお方は、それはおだやかなおやさしい方でございましたから、わたくし共にもお心を配ってくださいました。

わたくしにはなんでもお打ち明けになるくせで、ある時若君がこんなことを申されたのが忘れられません。

「花散里のお方を乳母はよく見たかしら。几帳のかげなどから、この頃はちょいちょいお見受けするのだけれど、信じられないくらい不器量だね。父上は、あんなにたくさんの美しい人々を愛していらっしゃるのに、不思議だよ。紫上《むらさきのうえ》さまなどは、野分《のわき》の朝、ついうっかり几帳が外れていて見てしまったが、目がくらむようにおきれいだった。父上があんなに誰よりも大切になさるのがよくわかった。

それに比べて花散里のお方は平凡な目鼻立ちだし、とりたてて美しいところは何もなく、その上ずいぶん老けてしまって女のさかりは過ぎてしまい、どこもほそぼそとやせていて、髪なども気の毒なくらい少なくなっていらっしゃる……大宮さまなど、あのお年で尼姿になっていらっしゃっても、透きとおるように美しくて女らしいでしょう。そういう美しい方々を見馴れて育ったせいだろうか、花散里のお方のどこがよくて父上があありまでお世話なさるのかさっぱりわからない。だって、いつでも几帳なんかをわざとへだてて、なるたけお顔をじかに見ないよう気を遣っていられるくらいだよ」

「まあ、若君さまも、なかなかすみにおけない御観察ぶりでございますわね」

わたくしは思わず笑ってしまいました。若君が筒井筒《つついづつ》の雲居雁《くもいのかり》の姫君を一日もお忘れにはならないまま、五節《ごせち》の舞姫に選ばれた惟光《これみつ》の娘にちょっと気持を動かされ、文などおつけになりましたのを、見て見ぬふりをした頃でございます。

「父上は女の人の容貌だけでなく、性質のよさを見つけると、そこにも魅力を感じて、決してお見捨てにならないのだろうか」

「そのようでございますね。これは噂ですけれど、末摘花《すえつむはな》のお方なども、それはもう変わった御容貌をしていらっしゃるようですよ」

「うん、聞いている。なんでも鼻が象のようで、先が赤いんだって」

「まあ、どこでそんなお話をお聞きになるんですか」

「女房たちのお喋りを聞いていると、たいていのことはわかってしまう」

「ほんとに若君さまも隅におけませんね」

「時々、わたしのように純情で一途にひとりの姫君ばかり想《おも》いつづけるのは、男として情けないのではないかと思うことがあるよ。父上に比べて、自分はいったいどうしてこう生真面目《きまじめ》で融通がきかない人間に生まれついてしまったのだろう」

「何をおっしゃいますやら。男でも女でも、真面目で純情なのが、一番結構ではございませんか。男女の間のことはいいことばかりでなく、愛しあえばそこには必ず苦しみも生じてまいります。おひとりを思っていらっしゃるだけでも、これほどお悩みになり御苦労もなさるのですもの。若君のように生まれつき真面目な誠実なお方は、きっと、み仏が守ってくださって、いつかはあの姫君とお幸せになれると信じております。どうか、お力を落とさないでくださいまし」

など、花散里のお方の御器量のことから、思わぬほうへ話が飛んで、おしまいには若君がしんみりと涙を浮かべられたりなさいました。

なんとしても乳母は身びいきになるものですが、この頃の若君はほんとに御立派で、選《よ》りすぐった公達《きんだち》が居並ぶ中でも、ひときわ輝いて見えてまいりました。次第に光君さまに似てきていらっしゃる上に、しゃれた色っぽいところはとても光君さまにはかないませんけれども、品位や端正さでは、ふと、光君さま以上だと拝される時がございます。それにつけても、六位の緑の袍《ほう》がふさわしくなく、つくづく光君さまをお恨みに存じたのです。

けれども、光君さまの御配慮はやはり正しく、若君さまは御学問がどんどんすすまれ、若い公達の間では、ずばぬけた教養を身におつけになりました。

帝が朱雀院へ行幸《ぎょうこう》あそばされた時がございましたが、その日の勅題の作文の試験に見事に通られ、それは面目をほどこされました。作文が御立派で、わずか三人しか及第しなかった中に入っていらっしゃったのです。そのため進士《しんじ》におなりになりました。

そして、秋の司召《つかさめし》（京官を任命する儀式）にはついに従五位下に昇進され、侍従におなりになったのです。

あれだけの天下一の親御がありながら、親の七光の余光を一切お受けにならず、あくまで御自身の努力と実力だけで入手された官位でありますから、こんなおめでたい誇らかなことがございましょうか。

わたくしは大宮さまのところに飛んでゆき、手をとりあわんばかりにして共に涙を流して、お喜び申しあげました。

「乳母もずいぶんこれまで恥ずかしい想いを忍んでくれたね、忘れないよ」

とおっしゃってくださいました時、涙があふれて、お顔も拝せなくなってしまいました。

ああ、葵上さまや故太政大臣さまが御存命で、この若君の晴れ姿を御覧になれば、どんなにお喜びになられるだろうと思えば、涙のかわく閑《ひま》もございません。

あの雲居雁の姫君のことは想いつづけていらっしゃいますけれど、内大臣がしっかりと守りつづけていらっしゃるので、わずかにお手紙でこっそり御様子を伝えあうくらいで、無理に逢おうとなさらないのも、大人びていらっしゃったということでしょうか。

真面目で堅物《かたぶつ》の若君にも、一度だけ危ない恋の迷いが通りすぎたことがございます。

あの玉鬘の姫君を実の御姉と信じていられたのが、本当は内大臣の御娘で、御自分とは血のつながりがないとわかった頃のことでございました。

玉鬘の姫君を主上《おかみ》が尚侍《ないしのかみ》として出仕せよとお望みになられた頃でした。たまたま、大宮さまがおかくれになり、共にお孫さまに当たられるので、玉鬘の姫君も若君も鈍色《にびいろ》の喪服をお召しになっていた時です。

忘れもしません。しなやかになじんだ喪服のまま、西《にし》の対《たい》から、若君さまが帰って来られました。今は宰相《さいしょう》中将《のちゅうじょう》の君になっていらっしゃり、貫禄《かんろく》らしいものも添われて男ぶりもますます輝いていらっしゃいます。たまたま、わたくしが縁側の勾欄《こうらん》のところで、瓶に花をさしているところへいらっしゃって、物思わしげに勾欄によりかかられました。

「どうかなさいましたか」

とお訊《たず》ねしますと、わたくしには何も隠しごとをなさらない習慣から、

「言わでものことをどうしてもがまんできなくて、西の対で言ってしまった」

とため息をおつきになりました。主上のお言《こと》づけをお伝えするということにかこつけてお側近くにゆき、姉でないとわかってからの切ない恋心を打ち明けてしまったというのです。わたくしの生けていた秋の七草の中から藤袴《ふじばかま》の一本をぬきだし、もてあそびながら、その花を几帳の中へさしいれ、なにげなく受け取った姫君の袖を引き寄せたことまでお話しになりました。

「それで、いかがでございましたか、姫君の反応は」

とわたくしがうかがいましたら、

「気分が悪いとさ」

と、投げ出すようにおっしゃって、ため息をおつきになります。

ほんとうに、光君さまのお心やら、兵部卿宮《ひょうぶきょうのみや》さまやら、髭黒右大将《ひげくろのうだいしょう》やら、主上のお心までもお迷わせになる玉鬘の姫君とは、どういう魔性のお方なのでしょうか。わたくしは、物堅い若君さまがこの恋では、さほどの傷手《いたで》の跡も残すことはあるまいと見ておりましたので、ただ聞き流しておりました。

「ずいぶん冷淡な聞き方だね。ちっとも身を入れて聞いてくれないし、同情もしてくれないのか」

若君さまがすねて、そんなふうにおっしゃれるのは、この乳母のわたくしだけでございます。

「あのようなお方は若君さまには向きません。なんといってもお年を召しすぎています。やはり、女は若くて可愛らしい方がよろしいのです」

と申しあげますと、深い目の色で黄昏の空を見上げながら、

「野分の朝に垣間《かいま》拝した紫上さまは、玉鬘の姫君など比べものにならなかったよ」

と、つぶやかれるのでした。

「まあ、油断のならない。若君さまもやはり光君さまのお血を受けていらっしゃいますのね。お通い所が数えきれなくなるところなど見ないうちに、乳母は早く浄土へまいりたいものです」

など、冗談に言いまぎらしてしまいました。

わたくしの予想は当たり、藤袴の物想いは、深くもならず消えていったようでした。

そのうち中務宮《なかつかさのみや》家から縁談が申しこまれた時は、どうお決めになるかと案じましたが、初恋の姫君への断たれた想いのほうがなお強くお胸にくすぶり燃えつづけていて、とうとう、初恋を貫かれ通されたのでございました。

あの頑固な内大臣のほうからお心が折れて、丁重に藤の花の宴に若君をお招きになり、姫君さまの御兄上で若君さまの御親友の柏木中将《かしわぎのちゅうじょう》が、妹君のお部屋へ御案内してさしあげたと申します。

ほんにまあ、長い長い歳月を、よくもお互いに信じあってこの恋を貫かれたことよと、わたくしは嬉《うれ》し涙にむせんでしまいました。

あの遠い日に、内大臣にねじこまれておろおろなさった大宮さまのことを思い出すにつけ、今少し大宮さまが生き延びてくださって、今日のこの日を御覧あそばしたら、どんなにか誰よりもお喜びくださったであろうと残念でなりませんでした。

きぬぎぬの朝は、若君さまがあまりゆっくり寝過ごされたので、女房たちがお起こしすることもできず、あの内大臣さまがはらはらして、

「得意顔して、図々《ずうずう》しい朝寝をしているよ」

など、おっしゃったというのを洩れ聞きましても、なんだかおかしく、いい気分になるのも、例の身びいきでございましょうか。

光君さまが、朝帰りの若君さまに、こまごまと今後のことをさとされ、浮気のいましめなどなさるのを伺うと、片腹痛く、思わず古女房と顔見合わせて笑ってしまうのでございました。

それにつけても、今となれば並んでいらっしゃる光君さまと夕霧の若君さまのおふたりが、親子とはいえ、さすがにそっくりの御容貌になられて、やはり若さのせいか、ふと若君さまのほうが見ばえがして見える一瞬などあると思うのも、わたくしの例の身びいきのひが目でございましょう。

長生きしてほんによかったと、つくづく思うこの頃でございます。

双華

✡

そうか

紫上《むらさきのうえ》のかたる

明石《あかし》の君《きみ》から最愛の姫君を生木を裂くように取りあげてから、早《はや》もう八年という歳月が過ぎてしまいました。

あの頃三歳だった幼い姫君は、昼間はわたくしの住まいの二条院《にじょうのいん》の華やかさや、女房たちの多い賑《にぎ》やかさにまぎれているようでしたが、黄昏《たそがれ》時になって、まだ灯のつかぬ薄明の中に人の顔がおぼろになると、毎日のように庭に面した廊の勾欄《こうらん》にもたれて、しくしくと泣き出したものでした。

「どうなさったの。こんな端近《はしぢか》にひとりでいたら、魔物にさらわれてしまいますよ。さ、内へ入りましょう」

と、わたくしや女房たちがなだめすかしても、勾欄にしっかり小さな掌《て》でしがみついて、離れようとしないのです。

「かえる、かえる」

と泣き声の中から細い声をふりしぼって、切なげに訴えます。

「あら、どこへお帰りになるの。姫君のおうちはこのお邸《やしき》でしょう。お帰りになるところなんてないのですよ」

女房が口々になだめても、

「かえる、おかあさまのところにかえる」

と言いつづけ、つぶらな瞳に涙をあふれさせ泣くのでした。

「おかあさまはここにいるでしょう。さ、いらっしゃい」

わたくしができるだけやさしい声を出し抱きとろうとしても、姫君は頑として勾欄から離れようとはしません。わたくしのほうへふりむきもしないで、夕暮れのもの悲しくかげっていく空の彼方《かなた》に目をあげ、

「おかあさまあ」

切ない声をふりしぼって呼びつづけたものです。それも十日ほども過ぎれば、ふっと憑物《つきもの》が落ちたようになり、幼い心にもあきらめというものが生まれたのか、わたくしの胸に素直に抱きついてくるようになりました。

光君《ひかるのきみ》さまには、夕暮れに起こる姫君の母恋いの様子など、ひたかくしにしておきました。

こんな可愛《かわい》い人をわたくしどもに奪われた方の嘆きの深さを想《おも》いやると、わたくしは自分のしたことの罪深さに慄然《りつぜん》とすることがありました。この報いはいつかわが身にかえってくるにちがいないという恐れも、心の奥深くにひそんでいました。

姫君を奪って四年めの秋、六条院《ろくじょうのいん》に明石の君が移り住まわれてからも、わたくしは一度も姫君と逢《あ》わせようとはしませんでした。光君さまが内心それを言い出したくてむずむずしていられるのを充分読みとっていながら、わたくしはおよそ気づかないふりをしつづけていたのです。理由など何もありません。ひたすら、同じ血の絆《きずな》の強さが恐ろしかっただけなのです。

いつ、それを光君さまから言い出されるかわからないと思い、その時こそは快く応じようと思いながら、なぜか、光君さまからそれを言い出されないのをいいことにして、わたくしは気がつかぬふりをよそおい通してしまったのです。

もし、対面をさせたら、それまで眠っていた生母恋しさの情が、姫君の心を占領し、わたくしの四年間の苦心など水泡に帰することがわかっていたからです。幼い心の中にも、姫君は、ある日からふっつりと、大堰《おおい》のことを口にしなくなったのです。おそらく、そうすることが自分の身を守る唯一の手だてだと、いじらしくも本能的に察知したのではないでしょうか。

わたくしもまた、明石の君に逢ってみたい好奇心を抑えこまねばなりませんでした。

姫君を見ていれば、その俤《おもかげ》の中から、生母の顔が浮かび上がってきます。姫君の匂うような顔立ちが、年と共に美しさを増してきます。はえぎわから、すっきりと通った品のいい鼻筋、愛嬌《あいきよう》のこぼれる口もとなど、まごうかたなく光君さまに似ているのです。けれども顔の輪郭と目のあたりは、光君さまには明らかに似ていないのです。

光君さまの目は鋭い刀で一息に彫ったような切れ長の、やや目尻の上がった形でした。姫君の目はくっきりとした二重瞼《ふたえまぶた》で、ほんの心もち目尻が下がり、それがいいようもなく可愛らしく、煙るような睫毛《まつげ》だけは光君さまそっくりのものをいただいていいます。形のいいゆたかな耳も、気味の悪いくらい光君さまに似ていました。

光君さまに似たところを姫君から取りのぞいても、魅力的な明石の君を想像するに充分だったのです。

やはり、あの頃の正月です。晴着を選んだことがありました。六条院や二条院にいる光君さまの女君《おんなぎみ》たちに贈るためでした。

わたくしは、黙って、光君さまがお選びになる手許《てもと》をなにげない表情で眺めていました。

　誰よりもその人たちの美と魅力を知り尽くした人が選ぶのですから、これほど、贈られる女君たちを想像するよすがはありません。

　明石の君のためには、白地に梅の折り枝、花や鳥を織りだした異国風な雰囲気の小袿《こうちき》に、濃い紫のつややかな袿を重ねられたのを見て、わたくしは、さりげなく微笑していた頬が強《こわ》ばるのを抑えられませんでした。こんな高雅な、しゃれた取合わせを着こなせる女人《にょにん》の美しさと魅力は想像に余りがあります。

　まず最初にわたくしに選んでくれた、紅梅紋を浮き織にした葡萄染《えびぞめ》の小袿に濃い紅梅いろの袿という華やかな取合わせまで、急に平凡な派手派手しいだけのもののように思われて、色あせて見えてきました。想像以上に個性的で知的な女君の像が思い描かれます。わたくしの顔色が変わったのをいち早く見てとった光君さまが、さっさと衣裳《いしょう》選びを打ち切ってしまわれました。その時の自分の気持を考えると、明石の君をなんとなくこしゃくな人と思ったことを否めません。そういう自分の思い上がった気持がまた不快で、自分が嫌になってしまうのでした。

　何かにつけて、わたくしにとって最も気がかりな人は明石の君なのです。朝顔《あさがお》の斎院《さいいん》も油断はできないと思うし、若い玉鬘《たまかずら》の姫君に対してのはらはらするほどの熱の入れようにも、心を痛めましたが、それも明石の君にかけた嫉妬に比べればものの数ではなかったのです。

何より傷つけられたのは、その年の正月の元日の夜を、光君さまは明石の君のお部屋で過ごされて、朝帰りなさったことでした。

あの優美な春衣裳をまとった明石の君が、どんなふうに甘えてあの方を引きとめたかと想像するだけで、わたくしの胸は焼けただれるようでした。

幼い頃、人さらいのようにわたくしを二条院に連れてきて以来、光君さまが正月の元日をわたくし以外の女人と過ごされたのは、あの須磨《すま》に流されていられた時以外にはなかったのです。

どれほど通い所がおありで、愛をお分かちになる女君の数が多くても、正月の元日の夜を必ず共に過ごすことで、わたくしの立場は唯一のものと信じていた誇りも、見事に裏切られてしまいました。

まさかと思いながら待ち続けていたわたくしは、真夜中が過ぎてもお帰りにならない時、耐えかねていた涙を堰《せき》を切ってあふれさせました。

女房たちを下がらせてひとりになり、思うさま泣きたいのに、女房たちもただならぬ緊張のもとで口に出したいことをそれぞれに胸にしまい、険しい空気があたりにみちています。下がって寝《やす》むようにと言っても、一向に眠ろうともしないのでした。

他の誰の所に泊まりましょう。わたくしには明石の君の白い衣裳だけが目に浮かびます。

まんじりともしないで明かした未明、まだ真っ暗な中を、あの方は帰ってきました。

女房たちもみんなすねて、わざと誰ひとりお迎えに立とうともしません。あの方は、閉め出されて冬の暁の寒さにすっかり全身を冷やし、幾分きまりの悪い様子で足音を忍ばせ、すっとわたくしの帳台《ちょうだい》の中へ入ってこられました。

わたくしは壁のほうに向き、硬くからだをこわばらせて、ものも言いませんでした。

「つい酔ってしまって、気がついたら、こんな時間になってしまっていた。しまったと思ってとんで帰ったのに、そんなに怒っていられては、凍ったからだがいっそう凍って死んでしまいそうだ」

など、迫力のない言いわけをもぞもぞしているのです。

「ねえ、もう許してくださってもいいでしょう。正月からすねたり怒ったりすると、縁起によくない。ね、機嫌を直してください。ほら、こんなに冷えきっているでしょう」

と言いながら、冷たい足をわたくしの脚にからませようとするのです。わたくしはたまりかねて、胸にまわしてきたあの方の手の甲を思いきりひっかいてやりました。

「あ、いたたた、大きな猫がかくれていた」

など、仰山な声をあげ、あの方は嬉《うれ》しそうに弾んだ動作で、軽々とわたくしを向き直らせてしまったのです。もう後は抗しようもないあの方の愛撫《あいぶ》の渦に、誇りも見栄《みえ》も打ち砕かれて、まきこまれ、溺れこんでゆくしかないのでした。

それでも、あの正月は、思い出すたびに口惜《くや》しくて涙をこぼしていました。

元日の朝、明石の君から姫君に、はじめて可愛らしい贈り物が届き、歌が添えられていて、「今日 鶯《うぐひす》 の初音《はつね》きかせよ」という哀切な想いがこめられていました。それを見た時、こんな可愛らしい姫君を奪われたまま、一度の対面もない生母の悲しみに同情し、自分のしてきたことの罪深さにおののいたのもわたくしなら、夜通し、悶々《もんもん》と空閨《くうけい》にもだえ、朝には、同情した人を呪い殺したいと思ったのもわたくしなのでした。女の心の中には何人の鬼が棲《す》んでいるのでしょうか。

あれからも、たちまち三年の歳月が流れ、姫君は今年十一歳になられました。御裳着《おんもぎ》の準備に、わたくしどもは新年から大わらわになっています。光君さまが、誰よりも気を揉《も》まれて、わたくしにまかせきりにできない様子で、何くれとなくお指図なさいます。

東宮《とうぐう》が二月に御元服なさるので、それに引き続いて姫君を入内《じゅだい》させようというお心なのでした。

そのお支度のひとつにもなさるつもりで、正月の末頃、薫物《たきもの》の調合をなさいました。わざわざ二条院の倉に古くからしまっておかれた伝来の名香木の数々も取り出され、最近大宰府《だざいふ》から献上された新しい香木も取りまぜて、薫香《くんこう》の調合の巧みな女君たちに届けられ、

「二種類の薫物をおつくりください」

とお命じになりました。わたくしと花散里《はなちるさと》の方《かた》、明石の君、それに朝顔の斎院の四人が選ばれました。教養の高い斎院は当然とうなずけましたし、なんといっても宮家の出身の花散里の方の薫香の知識もうなずけますが、その中に明石育ちの受領《ずりょう》の娘だった明石の君が選ばれたことがわたくしには心外でした。

音楽や文学の教養は、努力次第である程度身にもつきますが、薫香の調合は、それぞれ家に伝わった秘伝やしきたりがあり、育った環境から、自然、身につくもので、努力や勉強などでできるものではないとわたくしは思っていたからです。けれども光君さまがお命じになるのですから、やはりこの道でも相当の名手であるにちがいありません。何につけてもこしゃくな感じで、わたくしは挑戦されているような気がしてなりません。

いよいよ調合が始まった時は、わたくしも光君さまにだって負けてはいられませんので、住まいにしている東《ひがし》の対《たい》の放出《はなちいで》（境界の簾《すだれ》や障子を取り放し、母屋《もや》と廂《ひさし》などを一続きにした部屋）に厳重に屏風《びょうぶ》や几帳《きちょう》を幾重にもめぐらせて、八条の式部《しきぶ》卿宮《きょうのみや》に伝えられた秘法の方《ほう》で調合をはじめました。八条の式部卿は、承和《じょうわ》の帝《みかど》と呼ばれた仁明帝《にんみょうてい》の皇子で、御生母は、「滋宰相《じさいしょう》」滋野貞主《しげののさだぬし》の長女、滋野女《にょう》御《ご》の縄子《つなこ》でした。秘方を伝えた御生母から八条の宮は「黒方《くろぼう》」と「侍従《じじゅう》」の二つの秘伝の調合を授かっていられました。仁明帝は、この二つの秘方は男に伝えないようにとお定めになったのですが、御生母だから、八条の宮にこっそりお伝えになっていられたのでしょう。

　薫香の方《ほう》は決まっていても、それはやはり調合者の感覚や性質で微妙な差が出るところが趣があり、同じ方《ほう》で合わせても決して同じ匂いにならないところが面白いのです。

　光君さまも面白がられて、いつもはわたくしの東の対にいらっしゃるのに、南殿の御自分のお住まいのほうへ移ってしまわれて、秘密に調合なさるので、女房たちまで競争しあい張り合う気分が出ております。もちろん、香壺《こうご》やその筥《はこ》の意匠も工夫がいるところなので油断できません。

　どの女君のところでも香木を搗《つ》く鉄臼《かなうす》の音がかしましく聞こえていたことでし

ょう。

そうこうするうち二月に入り、十日も過ぎた頃、落ち着いた小雨の一日がありました。お庭の紅梅が花盛りで色も香もたとえようもなく美しいのです。

そんなところへ、たまたま兵部卿宮《ひょうぶきょうのみや》がお越しになりました。御兄弟の中でも光君さまが特にお睦《むつ》まじいお方です。

そこへまた、たまたま朝顔の斎院から調合された香筥《こうばこ》が届けられました。女房がいち早く、わたくしのところに報告にまいります。

「散りかけた梅の枝にお文《ふみ》をつけて、香筥が届きました。でも、なぜわざわざ散りかけの梅の枝などお選びになったのでしょうね」

女房はわたくしに忠義顔して、けなしたように言うのです。わたくしは斎院の趣向に、内心さすがと感嘆しました。たしか、如覚《にょかく》法師が比叡《ひえい》のお山にいられた頃、人から薫物を所望されて、手許にあるのを少し梅の散り残りの枝につけて持たせたという故事をふまえてのなさり方にちがいありません。たしかその枝に、

春過ぎて散り果てにける梅の花

ただかばかりぞ枝に残れる

という歌がついていたはずです。かばかりが香にかけてあり、ほんの少しの香をお届けしますという意味だと、いつか光君さまから教えていただいたことがあ

ります。

　心憎いしゃれた斎院の御趣向は、こんなことに格別お心を動かされる光君さまを、どんなにか喜ばせたことでしょう。斎院のこういう才気がきっと魅力で、光君さまのお心をひきつづけているのだろうと察しられます。でもわたくしは、こうまで才気をひけらかすのは、女としては奥ゆかしさが感じられず、くどいような気がしました。別に嫉妬しているわけでもありませんけれど。

「ちょうどいい、色も香もおわかりになることで当代一のあなたに、女君たちの薫香の優劣を定めていただきましょう」

　と、兵部卿宮に光君さまがおっしゃったとかで、急に、薫香を差し出すようにと使いがきました。光君さまも、こっそりお合わせになった二種類をはじめてお出しになりました。

　わたくしは「黒方」と「侍従」と「梅花」を届けました。二種類と決められていましたのに三種類も届けたのは、特に自分の好みをいかした「梅花」にみれんがあったからです。光君さまがどれか二つを選んでくださるだろうと思ったのに、三つとも兵部卿宮がお聞きになったというので冷汗をかいてしまいました。

　選者の評がすぐ報ぜられました。

　斎院の「黒方」が奥ゆかしく、しっとりとしていてすばらしいということです。

「侍従」は光君さまのが一番なまめかしく心ひかれると選ばれました。わたくしのは、やはり「梅花」がとられました。はなやかで現代的で、少し鋭いところもあり新鮮だとおほめいただいたとかで、面映《おもは》ゆい気がいたしました。きっと、光君さまの手前、わたくしに花をもたせてくださったのでしょう。

花散里の方はつつましく一種しかお出しにならず、それは「荷葉《かよう》」でした。夏の御殿のお方なので、夏の香の「荷葉」を選ばれたのでしょう。お人柄らしく、しめやかでやさしい結構なお香だったそうです。

さて明石の君の出されたのが「薫衣香《くのえこう》」だと知った時は、さすがと、思わず敵ながら感心しました。わたくしには思いもつかない工夫でした。「梅花」「荷葉」「黒方」「侍従」など、よく用いられている常識的な香を選ばず、わざわざ衣類にたきしめる「薫衣香」を選んで、意表をついたところが心憎いのです。しかも、一歩身をひいたというゆかしさも感じさせます。

兵部卿宮がたいそう感銘をもよおされたようでした。

「薫衣香」のすぐれたものといえば、今の朱雀院《すざくいん》が、前の朱雀院の秘方をお写しになって、それを源公忠朝臣《みなもとのきんただのあそん》が特に工夫をこらして調合して献《たてまつ》った「百歩《ひやくぶ》の方《ほう》」ですが、明石の君は、それに更に調合の妙を尽くして、世にも稀《まれ》なみやびやかな香を産みだしたということでした。

兵部卿宮が明石の君の並々でないお手際を絶賛されたと伝えきくと、わたくしは改めて明石の君のあなどりがたい実力に、ここでも愕《おどろ》かされてしまいました。姫君の御裳着の腰結《こしゆい》の役は、その御幸運にあやかりますようにと、六条御息所《ろくじょうのみやすどころ》の御娘の秋好中宮《あきこのむちゆうぐう》にお願いすることになりました。中宮がお里にしていらっしゃる六条院の西の御殿で、それは行われました。そのためにわざわざ中宮の行啓《ぎょうけい》をお願いした次第でした。

中宮はすべて快くお引き受けくださって、その日の夕べ戌《いぬ》の刻《とき》（午後八時頃）から、おごそかに儀式は始まりました。

こんな晴れ晴れしい儀式に生みの母の明石の君は参列できず、成長した姫君の姿を見ることもできないのは、どんなにお辛《つら》いことかとお察しするのですが、光君さまは何もおっしゃらないので、わたくしからそれを言い出すのもわざとらしく思われ、だまっておりました。

東宮の御元服はその月の二十日過ぎに終わり、たいそう大人びていらっしゃるので、どなたも争って姫君の入内をあせっていられる様子です。それでも、当方の姫君の入内の噂《うわさ》の前にけおされ、遠慮されて、どなたも入内をさしひかえていられるようでした。

「とんでもないことだ。宮仕えは、多くの女御・更衣《こうい》がお仕えして、その中でどの女君も競い合うことが華やかでいいのです。多くの素晴らしい姫君たちが遠慮していては、東宮御所が淋《さび》しすぎよう」

と、光君さまは、わざと姫君の入内をさしひかえて、他の姫君たちの入内をうながされました。

四月に入って、入内の日をお決めになりました。御自身の昔の宿直所《とのいどころ》であった桐壺《きりつぼ》を模様替えなさり、姫君の入内後のお局《つぼね》とされました。

その他にも色々入内のためのお支度があり、わたくしどもは嬉しい忙しさの中に、飛ぶように日が過ぎてゆきます。

いよいよ入内の日が目前に迫ってきました。本来なら、わたくしが入内に付き添うはずですが、いつまでも御所にとどまるわけにもいきません。

光君さまが、明石の君を付き添わせてあげようかと、ひそかに考えていらっしゃるお心がそれとなくわかってきます。わたくしも、こうしていつまでも対面ができず離れ離れに暮らしていて、本来なら生母として入内に付き添われる立場なのに祝いの賑わいや喜びの外におかれているのもどんなお心だろう、姫君にしても今ではすべての事情を心得ていらっしゃるので、こんな際どんなにか生母にお逢いになりたいだろう、わたくしがいつまでも仲を裂いているように思い恨んでいられるかもしれないと思うと、切なくなってまいります。

思いきってある日、光君さまにわたくしからそのことをきりだしました。

「こういう折にこそ、どうか明石の君を姫君にお付き添いさせてあげてくださいまし。まだ姫君はお小さく、何かと頼りなく思われますのも心がかりでございます。お仕えする人たちも、みんな若くてまだ至らない者が多うございます。乳母たちにしても、行き届きかねる点がありましょう。わたくしがいつもお側《そば》についていられない時にも安心できるよう、あの方をお付けしてはいかがでしょう」

「よく気がついてくれました。わたしも内心それを考えていたところです」

光君さまはたいそう喜ばれて、事が急に決まりました。明石の君のほうでもすなおに喜んでお受けになり、早速、その準備が急がれました。

入内の当日の夜は、やはりわたくしが養母として付き添い、参内《さんだい》いたしました。わたくしが御輦車《おんてぐるま》で参内する後から実母の明石の君が徒歩《かち》でお供されるのも、気位の高い人にはさぞ辛かろうと、その日はわたくしひとりが付き添いました。

三日の間はわたくしが御所にいて、いよいよ明石の君と交替することになったその夜、はじめて、わたくしは明石の君と対面することになりました。思えば長い歳月、お互いを誰よりも意識しながら、一人の男を中に燃える嫉妬を抑えこんで憎みあってきた宿命も、前世の深い因縁なのでしょうか。

「このように姫君が御成人あそばし、御入内というようなことを拝するにつけても、長い歳月、深い御縁で結ばれてきたと思います。今更、他人行儀な気持は残るはずもございませんわね」

わたくしがしみじみ申しますと、

「ほんとに長い歳月、もったいない御愛情をかけてくださいまして、このように見事に姫君をお育てくださいました御恩を、なんとお礼申しあげてよいかわかりません。いつもいつもかげながら掌《て》をあわせて感謝申しあげておりました。それにつけましても姫君はなんという幸運な星のもとに生まれてきたことでございましょう」

ひかえめに、それでも、言うべきことははきはきと臆せずに言うその物腰や、気配や、声の美しさなど、なるほどこれだから、光君さまが長い歳月、わたくしと並べて大切になさったのだと、しみじみうなずかれるのでした。想像していたより現実の人を目の当《ま》たりにしたほうが、心がとけてくるのも不思議でした。

明石の君もわたくしの和んだ心が伝わるのか、硬くなっていた表情も次第に打ちとけて、心から、なついてくれるような様子を見せてくれました。

わたくしは御輦車を許されて、まるで女御と同じように華々しく参内できましたが、明石の君には、そうはできないのも、気位の高い明石の君の気持を傷つけたことだろうとお察しします。明石の君はそんな気ぶりは一向に見せず、つつましやかにひかえていました。

御生母が付き添っているということが傷のように、競争相手の妃《きさき》たちの側には、陰口をきくこともあるとか洩《も》れてきましたが、間もなくそういう噂もぴたりと消えてしまったのは、明石の君の立派さや奥ゆかしさが、はしたない人々の口を自然に封じてしまったのでしょう。

御生母との御対面や、つねに共にお暮らしになれる幸福を、姫君はどう思っていらっしゃるのか、面と向かってはわたくしには遠慮なさってお口にお出しにならないのも、いじらしいことに思われます。

わたくしが時々参内してみますと、おふたりは睦まじく、長の年月のへだてもなく、まるでずっと暮らしつづけていたように自然に見えるのも、やはり争えない血のなせることでしょうか。

いくら光君さまの女君たちの中で、誰よりも重んじられ愛されてきたとはいえ、わたくしには御子《みこ》が一人も授からなかったのは、それだけの薄い縁だったのかと、淋しさと悲しみがゆっくりとわいてくるのでした。

姫君に付き添われて参内してしまったことで、明石の君は事実上、光君さまの女君という立場から降りられたかたちになりました。

おそらくその決心をなさる時は、どんなにか悩まれたことだろうと、今頃になって気のつくわたくしでした。

まだまだ、このように若くなまめかしい明石の君が、光君さまの寵愛《ちょうあい》の腕から逃れ、母としてのみの生き方を選ばれることは、尼になるのと同じくらいの深い意味を持っていたことと思われます。

この方をこんな目にあわせて、わたくしもいつまでも、光君さまの愛の庇護《ひご》のもとに過ごすことはできないと、しみじみ思いました。

かねて考えていた出家の道を早く歩みたいと、今更のように思わずにはいられません。

自分では気がつかないまま、光君さまの第一の愛人という立場におかれたため、どんなにか多くの女君たちに辛い想いや忍びがたい嘆きを与えていたことかと、想像しただけで、自分の罪深さが思われてならないのでした。

幸い、姫君はどの妃よりも東宮のお気に入りの妃となって、日夜、東宮のお心をひきつけていらっしゃる御様子です。

それもこれも、みんな明石の君のそつのない、行き届いた心配りの結果にちがいありません。

「明石の君に参内していただいたことは、ほんとうによかったですわね」

ある夜、わたくしが申しますと、光君さまはちらと皮肉な目の色でわたくしの

顔を御覧になり、

「もうこれで、あなたの憎らしい人がいなくなり、せいせいしているのでしょう」

　とおっしゃった時は、閨《ねや》の中のふたりだけのへだてのない冗談とはわかっていても、あまりに心外な言葉で、思わず泣いてしまいました。

　光君さまはあわてて、わたくしの涙を吸いとり、こまやかに慰めてくれました。

「冗談ですよ、気にしないでください。本気で言うはずがないでしょう。姫君の入内にあなたがどんなに心を砕いて、誰も及ばない世話を親身にしてくれたかは、わたしが一番よく知っています。明石の君も参内する前の夜、わたしが別れを告げにいった時、しみじみ泣きながら、あなたの御恩にどうして報いていいかわからないと言いましたよ。長い歳月の間にはわたしを中にして、お互い恨んだこともあっただろうけれど、逢ってみれば、なるほど、どの女君よりもわたしが夢中になった人だと、うなずけたと言っていました。

　宮中に上がって、生涯、姫君の付き人としての役目だけに生き、わたしとの仲も断ちきったことで、幾分でもあなたを苦しめてきたお詫《わ》びになろうかと、泣いていました。みんなわたしゆえのことで、誰も悪くないのです。許してやってください。姫君をここまで育ててくれた御恩は、わたしも明石の君共々あなたに感謝しています」

「共々なんて、ひどいことをおっしゃらないでください。わたくしはもうこれで、お役目も終わりました。あの方がこの後は立派に姫君を見守ってくれましょう。あなたには、花散里の方もいらっしゃるし、朝顔の斎院という方もひかえていらっしゃるし、お淋しいことなどはないでしょう。明石の君だって、里帰りは許されるはずですもの、あなたとの御縁を断ちきったりなさる必要はどこにもありませんわ。前々から考えていたことですから、どうか今度こそわたくしにお閑《ひま》をくださいまし」

「なんということを言うのです。そしてあなたはどうするのです」

「出家して、余生を静かに送りとうございます。二条院にあなたが引き取っていらっしゃる空蟬《うつせみ》の尼君の静かなお暮らしぶりが、この頃しみじみ羨ましくてなりません。もうわたくしは、あなたの愛にふりまわされて生きるのに疲れ果てています。今度のことで、子供のない男女の愛欲の果てなどなんと淋しいものかとつくづく思われましたもの」

言っているうちに心が激して、わたくしは何を言っているのやら、わからなくなりました。

もしかしたら物《もの》の怪《け》がついたのかと思うほど、心がたけりたってきて、胸苦しくなるのです。

　今にも失神しそうになったわたくしを抱きしめて、光君さまはわたくしよりもたくさんの涙を流しながら、かきくどかれました。

「なんというあさはかなことを言うのです。これからこそが、ふたりの間に本当にしみじみと水いらずの愛が育つ時ではないですか。ずいぶん多情のように思われて、あなたにあらぬ苦しみを与えてきたけれど、わたしの真心を底の底まで見てもらうのは、これからこそと思っているのですよ。姫君も入内させ、心配の種だった夕霧宰相《ゆうぎりのさいしょう》の結婚もどうやらまとまり、親としての責任がようやく果たせたのです。まさか、来年は四十の賀を迎えるわたしが、新しい恋にうつつをぬかすなどということがあるだろうか。今こそあなたひとりを守って愛しぬいてみせようと思っているのに。前々から出家したいと思っているのはわたしのほうです。でもそれができないのは、あなたをいとしいと思う気持だけに止められているのですよ。さ、もう二度とこんな悲しいことを言わないと誓ってください」

　わたくしは例によって、酒よりも深い酔いにしびれさせる光君さまの甘い愛撫にとかしこまれて、出家とはおよそ縁遠い愛欲の美酒を、あびるほど飲まされつづけていくのでした。いつ果てる煩悩とも知れず。

若菜

✶

わかな

女三《おんなさん》の宮《みや》の乳母《めのと》のかたる

お仕えしております朱雀院《すざくいん》の帝《みかど》は、もともと眼病という持病でお悩みでございましたが、近頃はその他にもお躯《からだ》のあちこちに故障が目立たれ、すっかりお心もお弱りでいらっしゃいます。

わたくしは院の姫宮の女三《おんなさん》の宮《みや》さまの乳母《めのと》を務めさせていただいている者でございます。朱雀院はこのまだ年より稚《おさな》い無邪気な女三の宮さまを、殊の外お目に入れても痛くないほど御鍾愛《ごしょうあい》していらっしゃいますので、乳母のわたくしにも格別のお心を配ってくださいます。

この院は、今を時めく光君《ひかるのきみ》さまの御兄君に当たられますのに、御生母が弘徽《こき》殿大后《でんのおおきさき》でいらっしゃいましたので、光君さまとはさまざまな行き違いもあり、御運が沈みがちになり御位を冷泉帝《れいぜいてい》にお譲りになってからは、ひっそりとお過ごしていらっしゃいます。

御自身のお心からではなかったとはいえ、御在位の時に、弘徽殿大后や御祖父に当たる右大臣のお考えによって、光君さまを須磨《すま》にお流しするということがあったのを、いつまでもお気に病んでいらっしゃる御様子が、おいたわしくてなりません。どこまでも御運の強い光君さまが、三年の流謫《るたく》の生活を過ごされた後、都に帰られ、華々しくあらゆる点で返り咲きあそばしたのにつれて、朱雀院の御運がかげりはじめたと申しあげてよいのではないでしょうか。

しかも、光君さまの都を離れる直接の原因が、院の御寵愛《ごちようあい》してやまなかった朧月夜尚侍《おぼろづきよのかん》の君《きみ》と光君さまの内通だったので、いっそう複雑な御関係が生じたようでございます。

院の御健康が思わしくないのも、わたくしなどから拝しますと、お心の憂悶《ゆうもん》のなせる翳《かげ》りとしか考えられません。近頃では、

「以前から早く出家したかったのだけれど、母君の大后宮《おおきさいのみや》が御在世の時は、お嘆きをかけるからと、万事遠慮して思うようにできなかった。今は母君もおかくれになったことだし、一日も早く思いを遂げたいものだ」

とおっしゃって、ひそかにその準備をすすめていらっしゃる御様子です。

それにつけても、後に残される女三の宮さまのことが、何より心のほだしにな

られるようです。もともと、朱雀院には五人の御子《みこ》がおありで、御母君はそれぞれ違っていられました。東宮《とうぐう》のほかは四人の姫宮さまでした。

女三の宮さまの御生母はあの藤壺《ふじつぼ》の女院《にょいん》の御妹に当たる内親王《ひめみこ》でした。朱雀院がまだ東宮時代に早く入内《じゅだい》なさって、御運のよかった姉君にあやかり藤壺女御《にょうご》と呼ばれました。本来なら、后《きさき》の位にもおつきになれるお方でしたが、更衣《こうい》腹であったのと、これという頼もしい御後見《おんうしろみ》もなくて、弘徽殿大后が御妹の朧月夜尚侍《ないしのかみ》を帝のお側《そば》近くにお上げになって以来は、並ぶものもないほどに華々しくもてなされたのにけおされて、すっかり影が薄くおなりでした。

朱雀院は内心では、藤壺女御をおいとしくお思いになっていらっしゃった御様子でしたが、そのうちに御譲位あそばしたので、ついに入内の甲斐《かい》もなく后になる夢も消え、何事も不本意なことばかりで、御運の悪さを恨みながらお亡くなりになってしまわれたのでした。

そんなわけで、朱雀院はこの薄幸の女御の忘れ形見の女三の宮さまを、とりわけ不憫《ふびん》にいとしくお思いになるようでした。

女三の宮さまはまだ十三、四歳でいらっしゃいます。御自分が出家して山籠もりしてしまったら、この姫宮は誰を頼りに生きていかれるだろうと心配でたまらないと、わたくしにまでお洩《も》らしになるのでした。

そのうち、院の御容態はますますお悪くなり、もういよいよ最期が来たような気がするなどとおっしゃって、御簾《みす》の外へもお出になれないほど寝ついておしまいになりました。

東宮はじめ多くの方々がお見舞いに参上します中に、光君さまの御長男の夕《ゆう》霧《ぎり》中納《のちゅうな》言《ごん》がお越しになりました。

院は殊の外お喜びになり、御簾の中までお招き入れになって、しみじみお話しあそばしました。

「亡き桐壺院《きりつぼのいん》の御臨終の時に、あなたの父君の源氏《げんじ》の君《きみ》のことと、今上《きんじょう》の冷泉帝のことを特にお心にかけて、私によく面倒を見るようにと御遺言なさったのです。それなのに、即位してからは、かえって自由にならないことが多くて、心の内の好意は全く変わらないのに、ちょっとした行き違いから、お気の毒な目にあわせて、情けない兄だとさぞうとましくお思いになったことでしょう。それなのに、あなたの父上はこの長い歳月に、そんな恨みを根に持っているようなそぶりは、ただの一度もお見せになりませんでした。

どれほど聡明《そうめい》な人でも、こういう時はどうしたって恨みがよみがえり、復讐《ふくしゅう》したくなるのが当然で、そんな例は昔からたくさんありました。世間の人々も、今にそういうことが起こるだろうと見ていたのでしたが、源氏の君は、ついにそんなそぶりは一切出さないまま、むしろ、私の子の東宮の後見なども親身になって心からしてくださっています。東宮妃にはあなたの御妹の明石《あかし》の姫君を入内させてくれ、いっそう親密な関係になり、睦《むつ》まじくしてくださるのは、仇《あだ》を恩で返していただいたようで、この上なくありがたく思っているのです。

生来わたくしは至らぬ性質の上、子ゆえの闇に迷い、見苦しいことがあってはと思案して、東宮については一切あなたの父君にお委《まか》せしきってあるのです。今上帝については、桐壺院の御遺言を違《たが》えず、できる限りのお世話をして譲位しました。さいわい末世に珍しい名君として、故桐壺帝以来の名誉を取り返してくださっているのは、嬉《うれ》しいことです。

この秋、六条院《ろくじょうのいん》へ行幸《ぎょうこう》しましたが、その後、何かにつけて昔のことが思い出されてなつかしく、あなたの父君ともう一度お逢《あ》いして、つもる話がしたいのです。なんとかして、御自身で見舞いに来てくださるよう、あなたからもすすめてはくださるまいか」

など、涙ながらにお話しになるのも、もったいないことでございました。

夕霧中納言は、

「昔のことは、私にはわかりかねますが、成人いたしましてから、父と政治や内輪のことなど話しあう折にも、ただの一度も、父の口から、昔、辛《つら》い時を過ごしたなど聞いたことはございません。

院が御在位の頃は、父もまだ年が若く、器量も不足で、他に立派な方々が、帝を御補佐していらっしゃったので、なんのお手助けもできず、忠実な誠意をお目にかける折もなかったと、悔やみごとはたびたび聞かされております。今は院も、お静かにお暮らしになっていらっしゃる時だから、折々参上して思う存分心をうち割ったお話を申しあげたいなど常々申しておりますが、准太上天皇《じゅんだいじょうてんのう》などという名をいただいてしまって、かえって出にくくなり、残念だとこぼしております」

と、見るからに誠実そうにお話しになります。

その中納言さまはたしか十八歳のはずですが、もうすっかり大人びて、御容貌も今を盛りに輝くばかり、目をみはる美しさでいらっしゃいます。院はつくづくその御様子を御覧になって、

「そなたは最近、太政大臣《だいじょうだいじん》の姫君と縁が定まり、すっかりあちらの邸《やしき》に住みついているそうな。ずっと、太政大臣がそなたたちの縁組みに反対されたとか、無理解な話を聞いて、気の毒に思っていたが、とにかくめでたく解決して何よりでした。とはいうものの、いささか嫉《ねた》ましい気もするのですよ」

と、さりげなくおっしゃいます。ああ、院は、夕霧さまのお見事な御成人ぶり

を御覧になって、女三の宮さまをこういう人にめあわせたかったと、ようやく長い想《おも》いを遂げられた雲居雁《くもいのかり》の姫君の御幸運を羨ましくお思いになられたのだろうとお察しいたしました。

「私のような一向に取柄もない者には、なかなかいい縁談もございませんで」

など、さらりと受け流すあたりも、夕霧さまはお年に似合わぬ落着きを持っていらっしゃいます。

さっきから息をひそめて覗《のぞ》き見していた女房たちは、

「まあ、すばらしい。なんてすてきな御器量や物腰でいらっしゃること。またとないお方だわ」

などお噂《うわさ》しています。

「どうしてどうして、光君さまがあのお年頃の御様子は、とてもあんなものじゃありませんでしたよ。ほんとに目もくらみそうなほどおきれいでいらっしゃいました」

古女房は、うっとりした目つきで昔を思い出して言います。それをお聞きになった院は、

「まったく光君は稀有《けう》な方だった。今はあの頃よりいっそう貫禄《かんろく》も加わって、光るというのは、実にこういう感じをさすのだろうと思われる美しさが増している。

威風堂々と公務に携わっている時は、威厳があって目もくらみそうな気がするが、打ち解けて冗談を言ったり遊び興じる時には、またとなく愛嬌《あいきよう》のあふれる御様子になりなつかしく、誰でも馴《な》れなついてゆきたくなる。ほんとうに不思議な魅力のあるお人だ。夕霧中納言は、光君より早い昇進ぶりだが、これは親の光もあってのことだろう。しかし、なかなか中納言も立派なもので、国の輔弼《ほひつ》の臣として必要な漢学の才や心構えなどは、親にも劣らないのではないだろうか。もしかしたら、親より立ちまさるかもしれないな」

などと、それはもう、すっかり中納言びいきなお口ぶりです。

女三の宮さまが、可愛《かわい》らしく、まだほんとうに無邪気でいらっしゃるのを御覧になるにつけ、

「何かと濃《こま》やかに可愛がってくれて、まだ未熟な点はかばいながら、気長に育ててくれるような頼もしい人に預けたいものだが」

など、ひとり言めいておっしゃるのも、お気の毒です。

わたくしどもをお召しになり、何くれとなく姫君の御裳着《おんもぎ》のことをお命じになる時も、

「光君が、紫上《むらさきのうえ》を小さい時から引き取って立派な女君《おんなぎみ》に育てあげたように、女三の宮の世話をしてくれる人はいないものか。臣下にはまずいなさそうだし、今

の帝には立派な中宮がいらっしゃる上、他の女御方もそれぞれ有力な方ばかりだ。後見《うしろみ》のない女三の宮は、入内すればかえって苦労するのが目に見えている。夕霧中納言がまだ独身のうちに、頼んでみるべきだった。惜しいことをした」

と、手放しでお嘆きになるのでした。

わたくしもとうとう申しあげました。

「中納言さまは、ほんとに堅物《かたぶつ》で真面目《まじめ》でいらっしゃいます。雲居雁の姫君との辛い恋の時代も、けなげに御辛抱なさり、他の女人に心を移すようなこともありませんでした。その点、御父上の光君さまのほうがかえって今でも、どんな身分のお方にもお心を動かし好色心《すきごころ》は絶えないとかの噂でございます。その中でも貴い御身分の方をお慕いになるお気持が強くて、噂の高かった前斎院《さきのさいいん》などもまだお忘れになれず、お文《ふみ》をさしあげていらっしゃるとか」

と申しあげますと、

「さあ、そのいつまでも残っている浮気心が困りものなのだが……」

とはおっしゃるものの、やはり親代わりの後見をお願いして、光君さまに姫宮さまをお預けしたいのが御本心のようでした。

「娘に少しでも幸せな結婚をさせたいと思う親なら、あの光君にこそ添わせたいと思うだろう。どうせ長くもないこの浮世に生きている間は、人間なら六条院のような満ち足りた愉《たの》しい暮らしをしたいと思うだろう。もしわたしが女だったら、兄妹でも、必ずなついて寄りかかって契っただろう。若かった時には、よくそんな気持がしたことさえあった。まして女があの人に誘惑されるのは、無理もないことだよ」

と、何か考えこんでいらっしゃいます。きっと、あの尚侍《かん》の君が、光君さまになびかれて、院を裏切られたことを思い出していらっしゃるのでしょう。

わたくしの兄の左中弁《さちゅうのべん》が、姫宮の御後見役に加えられて、六条院へも親しくお出入りしておりました。

こちらへまいりました時に、わたくしが色々話のついでに、

「こちらの院がこんなふうにお話しになっていらっしゃるのを、光君さまにそれとなくお伝えしてください。内親王《ひめみこ》は独身でお過ごしになるのが、世間では当たり前になっているけれど、しっかりした御後見がいらっしゃるのは、なんといっても頼もしいことです。院のことはさておくとして、外には真心から女三の宮さまのことをお世話する人もなく、わたくし風情が御奉公したところで、何ほどのことができるでしょう。お側にお仕えしているのはわたくしだけではないのですから、あさはかな女房が手引きなどして、思いもよらないことを引き起こし、悪い評判でも立ったら、後の祭りです。院の御在世中に、なんとか姫宮の御身のふ

り方が定まったなら、わたくしも御奉公のし甲斐があるというものです。

高貴なお血筋といっても、女は実に身の上が不確かですから、何かにつけて不安が多く、こんなふうに多くの御子の中でも特に姫宮を院が御鍾愛あそばすにつけても、ほかの方々の嫉《ねた》みを受けることもあるでしょう。ほんとうにお身の上に塵《ちり》ひとつもつけたくありません」

と、相談を持ちかけました。兄の左中弁は、

「どうしたらいいのだろう。とにかく光君さまは不思議なほどお気の長い方で、仮にもいったん契りを結ばれた女君は、お気にいった方も、さほど深く御執心でないお方も、それぞれお引き取りになって、たくさん六条院や二条院《にじょうのいん》に集めていらっしゃるが、中でも最も大切に思っていらっしゃる方は、なんといっても紫上おひとりのようだ。自然そちらにばかり御寵愛が片寄って、生きる甲斐もない淋《さび》しい生活をなさっている女君たちも多いようだ。

もしそういう御宿縁があって光君さまと御縁組みなさるようなことがあれば、どんなに御寵愛の深い紫上といっても、こちらと立ち並んで御威勢を競争するようなことは、よもやなさるまいと思われる。それでも、まだ案じられることもないではない。というわけは、実は光君さま御自身がおっしゃることに、自分のこの世の栄華は末世には過ぎた果報で、自分自身については不足は何ひとつないの

だが、女性関係だけは、どうも人の批難も買い、自分でも改まらないとつねづね御冗談にかこつけて告白していらっしゃる。全くわれわれの目にもその通りだ。それぞれの御縁で、光君さまがお世話していらっしゃる方々は、どなたも素性のいやしい方などいらっしゃらないのは当然ながら、かといって光君さまと対等に比べられるほどのお方は一人としていらっしゃらない。もし、こちらの女三の宮さまが北の方におなりになったら、それこそどんなにふさわしいだろう」

と言いますので、わたくしも力強くなり、早速その由を朱雀院に申しあげたのです。

「兄も、このように申しておりますが、光君さまは、かねがね高貴の御身分の北の方をと憧れていらっしゃいますので、必ずこのお話は御承諾あそばすにちがいございません。正式に院のお許しがあれば兄がお伝え申しあげようと言っておりますが、いかがいたしましょう。六条院では、女君さまたちの御身分によって、それぞれ行きとどいたお世話をしていらっしゃるのは結構なことですが、普通の人でさえ自分の外に並々でない関係の女たちが夫のまわりに並んでいるのは不愉快なものです。まして姫宮さまのような高貴なお方にとっては情けないとお思いになるようなことがないとは限りません。ほかにも姫宮さまを望んでいらっしゃる方々は大勢あるのですから、この際、よくよく御熟慮あそばしてお決めになったほうがよろしゅうございましょう。

この上なく高貴な方と申しましても、当節では、御自分の意見をはっきりお出しになり、思いのままにはばかりなく振る舞っていらっしゃる方々が多いようですが、こちらの姫宮さまは全く呆《あき》れるほど初心《うぶ》で、ただもう頼りない御様子でいらっしゃいますので、お仕えする女房たちの心遣いにも限りがあります。

気のきいた召使いも、御主人さまのお指図によって働くのが、励みになるものでございましょう。しっかりした御後見もおいでにならないでは、まことに心細いことでございます」

と申しあげました。朱雀院は、

「わたくしもそう思う。それで色々心配しているのだ。内親王《おんなみこ》が結婚しているのは、いやに軽々しく見られる。またどんなに身分が高いにしても、女が男に連れ添うと、口惜《くや》しいこと、腹立たしいこと、情けないことも味わわねばならないだろうし、それを思うと、どうしたら女三の宮の幸福になるのかと思い迷ってしまうのだ。そうかといって、頼りになる親にも先立たれ、自分の心ひとつで世の中を渡っていくというのも心細い限りだ。

昔は万事人の心もおだやかで、世間で許されぬ身分ちがいの恋などはしてはならぬと思いこんでいたが、当節では色好みな、みだりがましい話も多く聞くようになっている。

昨日までは誉れ高い親の家に崇《あが》められ大切にかしずかれていた女《むすめ》が、今はつまらぬ身分の男と浮名を立てられて、だまされ、亡き親の面目を失わせ、死後の名を辱める類いも多いようだ。煎《せん》じつめていけば、結婚するにせよ、独身を通すにしろ、つきまとう苦労や心配は同じことだ。

運命などは、どうせわからないものなのだから、取越し苦労をすればきりがない。結果の好《よ》し悪《あ》しはどうであろうと、親兄弟などの決めておいた通りにして、世の中を暮らしていけば、運、不運で、将来、万一落ちぶれるようなことになっても、自分の過ちということにはならない。

勝手な結婚をしても、後年、この上もなく幸福になって、外聞もよくなる場合などは、これでも悪くはなかったのだと思えるけれど、親たちも許さず、しっかりした後見人も許さないのに、好き勝手な密事《みそかごと》をするのは、女の身としてはこの上ない汚点になってしまう。平凡な身分の低い者同士の間でさえも、勝手な恋愛は不都合な浮気として軽蔑される。

結婚は、自分の心をぬきにしては考えられないことなのに、思いもかけない人と関係ができてしまい、夫婦の縁が決められてしまうなどというのは、まことに軽率な話で、女としての日頃の心構えや態度が推察されてしまう。

それにつけても女三の宮はいかにも頼りない性質に見えるので、そなたたちの心にまかせて、勝手に恋の仲立ちや手引きをしないでほしい。そんな話が万一少しでも世間に洩れたら、実にみっともないことだから」

などと、こまごまお話しになられます。御自分が御出家なさいました後のことを不安に思い、取越し苦労をしていらっしゃるので、わたくしたち乳母や女房たちも、思案に暮れてしまいます。

「もう少し女三の宮が世間のことも分別がつく年頃まで、見守ってやりたいと今まで思ってきたが、病身のこの身では、急がないと出家の本願さえ遂げずに死にそうな気がしてきたので、女三の宮の身のふり方も急がねばならないと思う。六条院の光君は、物事がよくわかっていらっしゃるから、姫宮を託すにはこの上なく安心な方だと思う。そこここに大勢いる女君のことは気にかけることもあるまい。いずれにしても本人の心がけ次第だ。頼もしさという点では、光君はこの上もない人だ。誰よりも心丈夫だ。

兵部卿宮《ひょうぶきょうのみや》は人柄は無難だ。同じ兄弟だから差別して軽く見てはいけないが、あまりにも華奢《きやしゃ》でなよなよして気取っているので、重々しさに欠け、軽薄な印象を受けがちだ。やはりちょっと頼りない。

大納言《だいなごん》の朝臣《あそん》は、女三の宮の家司《けいし》になりたがっているが、そういう面ではいかにも実直で面倒はよく見るだろうが、なんといっても身分が低すぎる。女三の宮とは不釣合いだろう。

昔もこんな時の婿選びは、何事につけて、常人よりすぐれた声望のある人に落ち着いたものだ。ただ一途《いちず》に自分を大切にしてくれ、役に立つということだけを条件にして決めるのは、残念で遺憾《いかん》な気がする。

太政大臣の長男の右衛門督《うえもんのかみ》が、女三の宮に憧れて内々気をもんでいると、尚侍《ないしのかみ》が話していたが……彼も、位がもっと昇進したなら、まんざらふさわしくないとはいえまい。何しろまだ年が若く、地位が軽すぎる。結婚には高望みで、独身のまま少しもあせらず、誇り高くかまえている様子は群を抜いているし、学問技芸などもすぐれていて、いずれは国家の柱石になる人物だろう。行く末頼もしい青年だが、今、女三の宮の婿とするにはやはり不充分だ」

と、あれこれ思い悩んでいらっしゃるのも、深い親の御心情なのでしょう。

朱雀院がこれほどまでにはお心をわずらわせていない姉宮さまたちには、一向に御縁談の申し込みもありません。わたくしどもが、ほんの内密にこんな話をしているのが、どう洩れるものやら、女三の宮さまにばかりは、見ぬ恋にあこがれている人が多いのでした。

太政大臣も、北の方の妹に、朧月夜尚侍がいらっしゃるので、そちらへ、

「長男の右衛門督が、高望みして独身を続けていて、どうやら姫宮でないと結婚しないなど考えておりますので、もし女三の宮さまにそんな縁談のある時は、よろしくお口添え願います」

と、頼みこんでいるようです。

夕霧中納言も、そんな噂を耳にするにつけ、院御自身がそれとなくほのめかされたことも思い出し、まんざら望みのない縁ではなさそうだと、ときめいていらっしゃるとか。でもあのお方は実直で誠意のあるお方ですし、長い苦労の末、やっと雲居雁と結ばれたのですから、今は家庭の平和を第一にお考えになることでしょう。

あれこれ迷いぬかれて決断のつかない院のもとへ、ある日、東宮から、

「人物がいくらよくても臣下は臣下ですから、やはり、六条院の光君さまにこそ、親代わりになっていただいたらいかがでしょう」

と、わざわざ言ってこられたので、迷いあぐねていた院はやっとお心が決まりました。

光君さまは、わたくしの兄の左中弁からすべての次第をお聞きになると、

「朱雀院のお気持はお察しするが、院の御寿命よりわたしのほうが短いかもしれないのに……。どっちみち、院のどの御子たちもわたしが粗略にするはずはない

のだし、格別お心をかけられている女三の宮は、とりわけしっかりお世話するつもりではいる。しかし、夫婦としてなれ睦むとなると、いずれわたしが世を去った後で、かえってお気の毒なことになりはしないか。長男の夕霧中納言などは、まだ若年で貫禄が足りないけれど、生い先も長いので、もしそう考えてくださればありがたい御縁なのだが。ただ、むやみに堅くて真面目すぎて、今は長い恋をやっと実らしたところなので、遠慮なさっていらっしゃるのだろうか」

と、全く御自分のこととしては取り合ってくださらないので左中弁は残念に思い、改めて朱雀院のお考えをこまごまとお伝えしたのだそうです。

光君さまはさすがに微笑されて、

「とりわけ可愛くてたまらない姫宮なので、院が迷いぬかれるのだろう。いっそそれなら御所へお上げになればいい。女三の宮の御母上は、輝く日の宮と呼ばれた藤壺の中宮の御妹であられたのだから、きっと、御両親のどちらに似ても女三の宮はさぞお美しいのだろうね」

とおっしゃる時には、もう、いつもの癖が出て女三の宮さまをこっそり見たいというお気持が動かれたようだったと申します。

その年もこうして暮れてしまいました。

朱雀院の御容態はますますはかばかしくなくなり、院は心せかれるのか、女三の宮さまの御裳着の式をなさいました。それはもう盛大なもので、御腰結《おんこしゆい》は、太政大臣がなさいました。

朱雀院の御催しはおそらくこれが最後だろうというので、どなたも御出席なさり、きら星をつらねたようで、それは美々《びび》しく華やかで荘重な儀式になりました。光君さまは、どなたよりも御立派なおびただしいお祝いの品々をお贈りになりました。

裳着のお式の間も、たいそう御気分がお悪いのをこらえていらっしゃった院は、それから三日目に、御剃髪《ごていはつ》になりました。それほどの身分の人でなくても、お姿を変えるのは悲しいものなのに、まして上皇の御剃髪ともなれば、おいたわしさもひとしおです。

朧月夜尚侍がぴったりお側につきそったまま、切なそうな表情で、ずっと沈みこんでいらっしゃるのを、院は慰めかねて、

「子を可愛いと思う気持には限度があるのですね。こんなにも深く悲しんでいらっしゃるあなたとの別れは、なお耐えがたいものです」

と、御決心も鈍りそうに見えられましたが、無理に御脇息《ごきようそく》に寄りかかり、天台座主《てんだいざす》から戒《かい》をお受けになって、いよいよお姿を変えられる時は、ものものしい儀式の作法のすべてが悲しく、僧たちでさえ、涙を抑えられない様子です。まし

て女宮さまたち、女御・更衣、女房たちや廷臣たちは、声を放って泣きどよみました。

院もお辛く、お心も落ち着かず、このまま閑寂な山中へ籠もりたいという願いがかなえられないのは、女三の宮さまのことが気になるからだと、わたくしにお洩らしになって、お泣きになるのでした。

帝をはじめ、方々からお見舞いの絶えることがありません。

六条院の光君さまも、院の御気分が少しよいとお聞きになって、お見舞いにいらっしゃいました。

院は待ちかねていらっしゃって、御病気を押して御対面なさいました。

「わたくしも、早くから出家したいとの願いを持ち続けておりますのに、生来気が弱くて、ついためらってばかりで、とうとう院に先を越されてしまいました。恥ずかしく思います。思い立ったことはたびたびあるのですが、いざとなれば、断ちがたいほだしにせかれてしまいまして」

としみじみお話しになりますと、院は弱りきったお声をはげまし、

「出家はしたものの、あといくらも生きていられそうもない身で、はたして仏道の修行ができますかどうか」

と、お嘆きになります。院は、女三の宮さまのことをはっきりは切り出しかね

ていらっしゃいます。光君さまは院の御心中をお察しして、

「東宮がいらっしゃるのですから、姫宮のお世話はしっかりしてくださいましょう。ただし、帝位におつきになりますと、公務も多く、お心に思うほどは尽くしておあげになれないかもしれませんね。やっぱりしかるべき頼りになる人と結婚なさるのがお幸せかもしれません。今のうちに、そういう人をお選びおきになってはいかがですか」

とおすすめになります。何もかもご存じでいらっしゃるのに、やはり御自分が

とは申しあげられないのでしょうか。

「女三の宮の前途が苦になって、病気も治らない気がいたします。まことに御迷惑なことと思いますが、頑是《がんぜ》ない女三の宮をあなたのお手に引き取ってくださるわけにはいきますまいか……。育てていただいた上で、しかるべきところへ縁づけてやってください。権《ごん》中納言が独身の時に、申し込んでみるべきだったと、残念でなりません」

「中納言は自分の子供ながら、実直な点ではまことに申し分なくお世話もいたしましょう。しかしなんといっても、まだ若く未熟で、頼りのうございます。そういうことなら、恐れながら、わたくしが、充分心を尽くして御後見申しあげましたら、女三の宮も御父君のお側にいらっしゃるようなお気持になっていただける

かもしれませんね。ただ、わたくしも行く先の命が短く、はたして、長く御後見申しあげることができますかどうか」

と、とうとう、お引き受けになってしまわれました。わたくしは兄から、光君さまがすでに、若々しい女三の宮さまに、お心を惹《ひ》かれているということを聞いていましたので、時は至れりと、ほっとしました。

その後、すっかり御安心なさった院は、光君さまやお見舞いの上達部《かんだちめ》たちに、御饗応《ごきょうおう》をなさいました。

わたくしは、その時、几帳《きちょう》のかげから、奥のほうへ走り去っていく朧月夜尚侍の後ろ姿を見かけました。

尚侍が、今でも心の奥底には、光君さまの俤《おもかげ》を宿していらっしゃるのは院ならずとも、女房たちの間では誰知らぬ者もありません。

尚侍には、あれだけの不始末をさえ許され、さすがに女御としては適《かな》わないまでも尚侍という役名を与え、院はお側にお召し寄せになり、どの中宮・更衣たちにもまして唯《ただ》ひとり、ほしいままの御寵愛をそそがれていらっしゃるのです。尚侍もさすがにその限りない愛情にお応えして、常日頃は片時もお側を離れず、傍《はた》目《め》にも麗しくお仕えしていらっしゃいました。

今日は、院の背後の几帳の陰にかくれておふたりのお話のすべてを、聞いていらっしゃったのです。理由は何にせよ、光君さまが、女三の宮さまと正式に御結婚するとお約束になったのですから、どんなお気持になられたか、想像がつくようでございます。

尚侍の美しさは、あの当時より十数年も過ぎていますのに、一向におとろえず、むしろますます、つややかではなやかな中に、前にはなかった、しっとりとした陰影がさしそって、女のわたくしでさえ、ふっと酔わされるような気のすることがございます。

光君さまが、御宴会の時もお帰りの時も、それとなく、尚侍を目で探していらっしゃるのに気がついていたのは、わたくしと、院だけであったかもしれません。

女三の宮

おんなさんのみや

紫上《むらさきのうえ》のかたる

人は生きていたら、どれほど思いもかけないことにあうものか、つくづく思い知らされてしまいました。

あなたの数多い女君《おんなぎみ》たちの中でも、わたくしほど幸せな者はいまいと、世間の人々が噂《うわさ》しているようです。十歳ばかりの時、はじめて北山《きたやま》で宿命的な出逢《であ》いをして以来、二条院《にじょうのいん》に引き取られて、まるで親鳥が雛《ひな》を育てるようにいつくしまれ、さまざまのことを教えられ、人並の女に仕立てられてきた長い歳月。

いつのまにか、あなたおひとりを大樹と頼み、親とも夫とも、尋常では考えられない不思議な仲に育っていました。

あなたによって女に育てられ、あなたの手で女として目覚めさせられたわたくしは、所詮あなたの人形にすぎなかったのでしょうか。ことごとに、わたくしの叔母《おば》に当たる故藤壺《ふじつぼ》の女院《にょいん》を理想とするようにと教育されたのを疑いもせず成長してきましたが、もしかしたら、わたくしは、故藤壺の女院と血がつながっているというだけで、あなたの愛を受けたのではないかしらと、この頃ふと思うようにさえなりました。

そう思った最初は、あなたが、朱雀院《すざくいん》の御落飾《ごらくしょく》のお見舞いに参上され、たいそう遅くなってお帰りになった翌朝のことでした。

前夜あなたは、なんとなく思い悩んだようなお顔でお帰りになるなり、

「ああ、今日はほんとに疲れた。もう年だね」

など、つぶやかれ、早々とおやすみになられました。

傍らに横になったわたくしを、いきなり激しく抱きよせられ、

「あなたはどうして、こう年毎《としごと》に美しく魅力的な女になっていくのだろう。申し分のない女というのはあなたのことだ」

などおっしゃるのです。お口上手のあなたのお世辞にはなれっこになっておりますので、別に感動も覚えないまま、わたくしはなにげなく口にしたのです。

「でも、まだだめなのでしょう。故女院さまの完璧さにはかないっこありませんもの」

「ああ、あのお方は別格です。でも、あなただって血のつながっているせいか、

どうかした拍子に、ほんとにはっとするほど女院に似ている時がありますよ。特にこの頃」

「どんな時に」

わたくしはさりげなく訊《き》きました。

「横を向いて、わたしから顔をそむけるようにして、何か物想《ものおも》いに悩んでいる時……、心のうちを誰にも覗《のぞ》かれまいと、顎を衿《えり》もとにひきよせて、その横顔に黒髪がかかっている時など……」

その時でした。ああ、やっぱりという想いがありました。この頃わたくしは、深い心の鬱屈をかかえ、それを人に、殊にあなたに気づかれまいと、表面つとめてさりげなく振る舞っています。でもつい、その気の張りも限度がきて、気がついたら、ちょうど今、あなたがおっしゃった様子をして涙ぐんでいる時があるのです。

でもそれは、頼りなく不安な今のわたくしの身の上のこと。あれだけ故桐壺院《きりつぼのいん》の御寵愛《ごちょうあい》を御一身に集められ、玄宗《げんそう》皇帝と楊貴妃《ようきひ》の仲もかくやと、人々に羨まれ、国母という女としては最高のお身の上のあのお方が、そんな悩ましい御様子を人に見せることがあるのでしょうか。まして義理の御子《みこ》であるあなたのお目にとまるほど……。

わたくしにはその時、悩ましげなため息と共に、はらはらと涙をこぼされる女院のお肩を抱き寄せるあなたのお手が、ありありと瞼《まぶた》の裏に見えたのです。

あれは幻でしょうか。幻にしては、あまりに鮮明な夢でした。

その夜のあなたの愛撫《あいぶ》は常にもまして濃《こま》やかなものでした。

「いとしい人、可愛《かわい》い人、決して、どんなことがあっても心変わりなどはしない。神にも仏にも誓って言う」

など、大げさなことをおっしゃるので愕《おどろ》きました。わたくしは、

「今日、朱雀院はあのことをお話しにはならなくって」

と訊きたい心を抑えこんでいました。

朱雀院は、最もお心にかけていらっしゃる女三《おんなさん》の宮《みや》を、どうやら、迷いあぐねた末に、あなたに御後見《おんうしろみ》を頼みたく思っていらっしゃるようだと、いつかあなたが笑いながらおっしゃいました。

「院も全くどうかしていらっしゃるね。わたしと院はあまり年が違わないんだから、どっちが先にあの世に渡るか知れたものじゃない。そのわたしに姫宮を託そうなんて、どういうお考えからなのか、さっぱりわからない」

「御後見って、結婚してほしいとおっしゃるの」

わたくしは愕いて訊きました。

「そういうことですよ。たしか女三の宮は、まだ、十三か四で、あなたとはじめて逢った頃よりは少し大きいけれど、まるで幼くて、童女のようだといいますよ」

「でも、十三、四なら、わたくしがあなたに、大人扱いされた最初の年頃ですわね」

わたくしも皮肉な気持で言いました。

「誰からのお話ですの」

「いや、女三の宮の乳母《めのと》の兄がこちらに勧めていてね、冗談めかして言ったまでだ」

「そんな重大なお話を冗談めかして言うなんて、許せませんわ」

「何もそうむきになることはない。彼はただ、院のお心をそれとなく伝えただけなのだから」

そんな話を聞いて以来、気をつけていますと、確かに女房たちがしきりにその噂をひそひそ声でしているのでした。

「まさか、いくら光君《ひかるのきみ》さまが色好みでいらっしゃっても、もう三十九にもおなりになって十三や四のねんねの姫君を北の方になさるものですか」

「あら、でも、紫上《むらさきのうえ》さまだって、そのお年頃で、御夫婦の契りを結ばれたっていうじゃありませんか」

「その時は男君だってまだ二十一、二歳ですからね。美しいお似合いのおふたりになるのに、時間はかかりませんでした」

「でも、どなたが来たって、紫上さまにはかないっこありませんわ。今頃、新しくお輿入《こしい》れなさる方こそお気の毒ですよ。あのお睦《むつ》まじさにどうして割りこめるものですか」

女房たちの噂話は、いつでも事実に少し先行して、そして、結果は必ず噂通りになるということを、わたくしも長い経験で知っております。

内心、まさかという気持が、わたくしの心の中にもありました。

あなたはいつでも、わたくしのことを嫉妬深いのが玉に瑕《きず》だなどおからかいになります。

でも、愛する殿御が、自分以外の女に身も心も分けるのを知って、平気でいられる女なんているでしょうか。わたくしはいやです。あなたの髪の毛一筋、指の爪ひとつも、独占したいのです。他の女にさわってもらいたくなどありません。

それを嫉妬深いというなら、たしかにわたくしは嫉妬深いのでしょう。

明石《あかし》の君《きみ》も、朧月夜尚侍《おぼろづきよのないしのかみ》も、あなたが愛したから嫌いです。六条院《ろくじょうのいん》へあなたの女君を集めて一緒に住むと決まった時、ほんとはもう、そのまま死んでしまえないかと思ったものです。でも、よるべもないわたくしは、結局、心をひたかくして、あなたのなさることに従ったまでです。

朝顔《あさがお》の前斎院《さきのさいいん》にあなたがずっと惹《ひ》かれていらっしゃるのが、どんなに辛《つら》かったでしょう。一時は、前斎院との御結婚の噂もしきりで、わたくしは、もしそんなことがあれば、どんなに恥ずかしいことになるかと、毎晩人知れず泣いたものです。

あなたの上流姫君嗜好《しこう》は、わたくしにもずっと以前から察しがついていました。でも、それが、どこから発生しているのかわからなかったのです。それがようやく思い当たりました。あなたは故女院の俤《おもかげ》を需《もと》め続けていらっしゃったのですね。わたくしをお気に入ったのも、あの女院の姪《めい》ということからなのでしょう。

今のわたくしのこの深い悩みとそっくりの悩みを、貴い女院がかかえていらっしゃったなど、どうして信じられましょう。また、幼い頃はともかく、御成人なさって以後のあなたが、女院のそんな悩ましいお姿を間近く拝することなどあっていいものでしょうか。

女三の宮も、そういえば、故女院の姪に当たられます。あなたが、この縁談の途中から、ふっと気持を動かされたのをわたくしは感じておりました。その時もわたくしはあなたの腕の中にいて、お胸に顔を埋めていました。あなたのお掌《て》がこよなくやさしく、わたくしの黒髪を撫《な》でていてくださいました。

「いつまでたってもあなたの髪は一向に減らないのですね。ますます豊かで長くなる。豊かでもあまりしっかりした髪はわたしは好きでない。少しやわらかく掌に吸いつくような感触の細いしなやかな髪がいい」

ひとりごとのようにつぶやきながら、

「この手触り……、もしかしたら、同じ血につながるのだから、あの方もこういう髪の質をしていらっしゃるのでは……」

口に出してしまって、はっとされたらしく、

「おや、何か夜鳥が哭《な》いたらしい。聞こえなかったですか」

と、話をそらせておしまいになりました。あの時、あなたは、わたくしの髪の感触を、どなたかのものと比べていられ、さらに同じ血につながる女三の宮の髪や肌の感触まで御想像なさったのにちがいありません。いいえ、もう二十年も連れ添っていますと、どれほど鈍な女でも、お心の底の底まで、鏡の中を覗くように見えてくるものなのです。わたくしたちはよく、同時に声を発して、相手のいうことを聞き、

「今、わたしもそれが言いたかったところ」

と、笑いあうことが多くなりました。身も心も一体ということばの意味がよう

やくわかりかけてきたと思ったのは、やはりはかない、ひとりよがりのうぬぼれにすぎなかったのでしょうか。

今度のようなことが起こってみれば、所詮、男の心の底など、女には覗ききれない魔界なのだと思い知らされもいたします。

御落飾あそばした朱雀院から、女三の宮の将来を託され、ついにあなたが拒みかねて、結婚を約束されて帰られた夜、あなたはたしかに悩まれて、わたくしを常より激しく愛撫することで、その苦しみをまぎらわせようとなさいました。

わたくしは前夜、院からお帰りになったあなたが、お迎えに出たわたくしの目を心弱くそらされた瞬間、すべてを察してしまったのです。

それでも、話し出せないでいるあなたのお気持を楽にしてあげようとは思えず、知らぬふりを装いました。愛しあい、いつもより疲れ果てて肌と肌をあわせて互いに眠ったふりをしながら、あなたもわたくしも、相手が眠っていないことを知っていました。

まんじりともできず夜が明けた朝、昨夜から雪の降り続いている空の模様もしみじみとあわれ深い風情でした。

あなたは御帳台《みちょうだい》から出ようとされず、わたくしをお放しにならないまま昼近くまでふたりでこもっておりました。しみじみとした昔語りや、将来のことなどが話題になり、ほとんどわたくしは黙って聞いているばかりでした。

「昨夜は院からたっての御依頼で、とうとう女三の宮のことを断りきれず、心ならずも承諾するはめになってしまいました。世間はまた、仰山にこのことを取沙汰することでしょう。この年になって今更、結婚などということは気恥ずかしく、関心もなくなっているので、人伝《ひとづて》にそれとなく申し込まれた時はうまく逃げたつもりだったが、面と向かって院に頼まれてはお気の毒で、どうしてもむげにお断りできなかった。院が山寺にお移りあそばす時になったら、仕方がない、六条院に女三の宮をお迎え申すことにしましょう。あなたには面白くないことで、さぞ不快に思われるだろうが、たとえどんなことがあっても、あなたに対するわたしの気持は絶対変わることはないのだから信じていてください。女三の宮を憎まないであげてください。この結婚は、わたしの心があなた一辺倒なのだから、女三の宮こそ気の毒で可哀《かわい》そうなことです。しかし一応お引き受けした以上は、万事不都合のないようには御面倒を見ましょう。どちらもおおらかなお気持で暮らして、お互い嫉妬などしないでいてくれれば」

と打ち明けてくださるのが、なんでもかくしごとなどしませんよと言っているようで、わざとらしくも感じられます。いいわけがましいとも受けとれます。

これまでも、ちょっとしたあなたの浮気でさえ目くじらたてるわたくしのこと

ですから、どんな反応を示すかと案じていらっしゃったあなたは、

「なんておいたわしい御依頼ですこと。どうしてわたくしが姫宮さまにうとうとしい気持など持ちましょう。目ざわりだなどおとがめさえなければ、安心してここにいられるでしょうが……姫宮の御母女御《にょうご》は、わたくしの父宮の御妹君でいらっしゃいますから、従姉妹《いとこ》の縁にかけても、親しく思ってくださったら嬉《うれ》しいのですけれど……」

と謙遜して申しますと、

「あまりそんなに、素直にあっさり許してくださるのも、なんだか気持が悪いですね。わたしにもう愛情がなくなったのかと心配になります。

それにしても、そういうようにお心をひろく持って、お互いに許しあい、認めあって平和に暮らしてくださるなら、どんなに安心で嬉しいことでしょう。世間の無責任な噂などに決して耳を貸してはいけませんよ。総じて世間の人の口というものは、誰いうとなく、人の夫婦仲のことなど、つい、でたらめないいかげんなことを話して、それが原因でとんでもないことになるものです。何事も御自分の心ひとつにおさめて、成行きを静観することです。早まってさわぎたてると、ろくなことになりません」

と、よく教えてくださるのも、空《むな》しいものでした。

まるで天から降ってきたような突然の御降嫁のお話は、あなたが御辞退できないよう院が仕向けられたことですから、あなたひとりを責めたって仕方がありません。恨みごとなど申しますまいと、心に決めたのです。今度のことは、御意見したり、御自身で反省されるようなことでなく、相思相愛で燃え上がった恋というのでもなく、止めようにも止められないことだったのです。それなのに、それが原因で、憂鬱になってふさいでいるところなど、絶対世間には見せたくないと思うのでした。

つれない継母が、これまでもわたくしの幸福をそねみ、呪うようなことばかり口にし、髭黒右大将《ひげくろのうだいしょう》と玉鬘《たまかずら》の姫の結婚だって、まるでわたくしの策謀があったように邪推しているのにつけても、今度のようなことが、継母の耳に入ると、それみたことかと嘲笑されるに決まっています。いくらのんきなわたくしでも、平然とかまえていられるでしょうか。

今となっては、もうこれ以上、あなたを中に恋敵《こいがたき》など誰も現れることはないだろうと、思い上がり、安心しきって過ごしてきたのに、今度の事件で、世間から物笑いにされるのかと、心の中は悲しみと不安でいっぱいなのでした。それだけにうわべをつくろう毎日がつらくてなりません。

年が明けて、いよいよ女三の宮が六条院へ御降嫁になりました。これまではあなたの女君の中で誰よりも愛され、大切にされ、世間では葵上《あおいのうえ》さま亡き後は、みんながわたくしを正妻扱いしてくれて長い歳月が過ぎてきました。でも、わたくしの結婚はあのような特別の形で、正式に親の家から嫁いできたものでもなく、風変わりな掠奪《りゃくだつ》結婚とでも呼ぶべき形のものでした。成長して、世間の結婚の形式などがわかってきてからは、わたくしは内心そのことをひそかに恥ずかしく思っていたのです。

どんなにお若くても女三の宮は内親王で、わたくしより御身分が上で、正式の結婚のしきたりに従った御輿入れですから、わたくしの影は当然薄くなります。今まで六条院の女王のように人々からもあがめられ、女君たちの上に君臨していたことの思い上がりを、一挙に叩《たた》きのめされることになりました。

姫宮の御輿入れの調度は、朱雀院が心をこめて御用意されただけに、それはもう素晴らしいものでした。あなたが、准太上天皇《じゅんだいじょうてんのう》というお立場なので、すべては入内《じゅだい》に近い形でなされます。

南殿の西の放出《はなちいで》に居室をしつらえ、渡殿《わたどの》にかけて女房たちの局《つぼね》もつくりました。あなたはわたくしに気兼ねなさりながら、姫宮お迎えの御用意にはおさおさ怠りもなかったのです。

いよいよその当日、わたくしは、身の置き場もない心地でした。気分が悪いと帳台にひきこもってしまえば、不貞腐《ふてくさ》れているととられましょうし、平然と普段のようにふるまっていれば、図々《ずうずう》しいと見られましょう。

ああ、こんな日のくる前に、どうしてあの世へ旅立っていなかったかと情けなくてなりません。せめて、なぜ出家していなかったのでしょう。この時、はじめて故藤壺の女院の御出家の後、あなたが身も世もなくお嘆きになったことが思い出されました。まだ幼かったわたくしに、あなたは気を許し、

「どうしてそんなにお泣きになるの、どこかお軀《からだ》が痛いの」

と、とりすがるわたくしをかき抱き、はらはらと涙をわたくしの顔にそそぎながら、こうおっしゃいました。

「この世で一番すばらしい女人が、今日出家なさったのです。またとないお方、ふたりとない、尊くいとしいお方……」

あなたをあれほど嘆かせ、恋い慕ってもらえるなら、出家したほうが幸せのように思います。

明石の君の上京を知った時や、姫君が生まれたと聞いた時、これ以上の苦しみや悲しみがあるものかと思ったのに、まだ若かったわたくしは、死ぬことも出家することも本気では思いつきませんでした。今度はじめて心の底から、そのこと

に思いをはせたのです。

姫宮の御輿が着き、南殿の南面《みなみおもて》の階《きざはし》に御輿が据えられると、あなたがわざわざそこまでお出迎えになって、姫宮を御輿から抱きおろしておあげになったとか。

「ああまでなさらないでもいいでしょうに」

「准太上天皇でいらしても、内親王さまをたてて臣下のおつもりにへりくだっていらっしゃるのよ」

「ね、見たこと、別当《べっとう》の藤大納言《とうのだいなごん》の仏頂面、あの人は姫宮さまをいただきたがっていた一番熱烈な人だったんですってよ」

「御身分がなんといってもねえ」

「太政大臣家の右衛門督《うえもんのかみ》さまがやはり御執心だったそうよ」

「あら、柏木《かしわぎ》の君《きみ》が、あの方は当代一の美男だし、落ち着いているし、すばらしいわね」

「まあ、知らないのね。ほんとは夕霧《ゆうぎり》さまがもっと御熱心だったんですって」

「まさか。夕霧さまは、雲居雁《くもいのかり》さまと、ようやく結婚したばかりじゃありませんか」

「男ですもの、何人奥方がいてもいいじゃありませんか」

「そんなに多くの人々がお熱をあげるほど、すばらしいお方なの、姫宮さまは」

「さあね、さっきも輿からお降りになるところを覗きにいったけれど、まるでお小さくてよくわからなかったわ」

「お若いというだけが魅力なのよ。迷惑そうにいってらしたけれど、光君さまはやっぱり、姫宮さまのお若さに興味がおありなのよ」

「でも、これからは姫宮さまが正式の北の方ということなのかしら。それじゃ紫上さまのお立場はどういうことになるの」

「しっ」

口さがない若い女房たちの囁《ささや》きが、神経のとがったわたくしには、みんな聞こえてきます。

気のきいた女房が几帳《きちょう》をたてまわしてくれた中で横になりながら、わたくしはあふれる涙をのみ下し、のみ下ししていました。

三日の間は、毎夜欠かさず姫宮のほうへお通いになるのは当然です。わたくしは石になって耐えしのぶほかないのです。

初夜を過ごされ帰って来られたあなたに、昨夜まんじりともできなかった顔のやつれを見せまいと、わたくしは殊更に気を張ってにこやかにお迎えしたつもりでしたが、どこかしおしおしていたのでしょう。あなたはいきなりわたくしを抱きしめ、帳台に引きこんで、当然のようにわたくしを需《もと》めようとなさいました。

わたくしは必死でそれを拒みました。

「あんまりです」

涙をあふれさすわたくしをいっそう強く抱きしめ、

「許してください。みんなわたしの優柔不断のせいだ。あちらはほんとに子供っぽい方で、はりあいも何もない。あなたがあれくらいの時は無邪気な中にも、光る才気があって、受け答えなど実に潑溂《はつらつ》としていたものだ」

などおっしゃるのです。わたくしは両手でしっかり耳を押さえていました。

「こんな美しい愛らしい人を悲しめて、どうしたらつぐなえるだろう。あなたの他に愛する人などあるはずがないと、今更のように教えられただけだった」

しまいにはあなたまでお泣きになるので、それをなぐさめるわたくしでした。

あっという間に夕暮れ近くなりました。

「三日間は、夜離《よが》れなく通わなくてはなりません。今夜だけは、どうしようもない礼儀だから許してください。これからは決して、あなたを捨てておくようなことはしないから……かといって、あちらも朱雀院の手前、捨てておくわけにもいかないし……」

思い乱れていらっしゃるのが少しお気の毒にはなりながら、わたくしも笑って、

「あなたが御自身のお心でさえ決めかねていらっしゃるのを、ましてわたくしな

ど、どうしていいかわかりもしませんわ」

と、相手にしようともしませんでした。

それでも女房たちに命じて、お召物に常より深く香《こう》をたきこめさせるのもわたくしの務めでした。なよやかなお召物で姫宮のところへ渡るあなたを見送り、もうこらえきれず、帳台の中にかけこんで泣きました。帳台にこもったあなたの匂いに包まれて、泣きました。

長い年月、さまざまなあなたの浮気で苦労しました。朝顔の前斎院《さきのさいいん》の時は、ちょうど今度のようなことになるのではないかと、どれほど悩んだでしょう。それも事なく過ぎたのに、今になって……どうせ安心できる夫婦仲などではなかったのです。これからも起こるであろう不幸を想像すると、今夜も眠れそうもありません。

「思いもかけないことが起こるものね」

「大勢女君がいらしても、こちらの御威勢にはどなたもかなわなくて遠慮していられたから、わたしたちまでこうして安泰に来られたのに……。こんなふうに最初から堂々と威張りちらされては負けていられないわ」

「これではやっぱり、この先いろいろ面倒なことも起こりそうね」

女房たちも興奮して寝そうもないので、起きて相手をしてやりました。

「上は、女君がたくさんいらっしゃっても、これはという御身分のお方がいないのが本当は御不満だったのです。今度ようやく最高の御身分の姫宮がいらしたのでちょうどよかったのですよ。わたくしは元来子供っぽいのかしら、あちらと仲よくして遊びたいような気持なの。でも世間では、さまざま取り沙汰するでしょうね。なにしろ、もったいなくも朱雀院さまからのたってのお願いで決まったことだから、あなたたちも、あまり不謹慎な言動をしないようにね」

「あまり思いやりが過ぎませんこと」

と、いうのは中務《なかつかさ》や中将の君です。ふたりともあなたのお手がついていた女房なので、他の女房よりは今度のことに気が立っているようです。

女君のある方から、

「お心の内お察し申しあげます。もともと諦めておりますわたくしどもは、こうした時は心安うございますが」

など同情めかしたお便りが来るほうが、いっそう疎ましく、捨てておいてくれと言いたくなります。

あまり長く起きていても人々があやしむだろうと、いつものように帳台に入りましたが、今夜も眠れるはずもありません。あなたの愛撫の順序のすべてがわが身に思い起こされ、あなたと姫宮の様々な姿態が闇にありありと浮かぶのです。

故藤壺の女院のお血をわけた姫宮のほうが、わたくしよりももっと故女院に似ていたとしたら、あなたのお心はそちらへ惹かれるだろうと察せられます。

あの須磨《すま》の別れはもっと長かったけれど、自分のことよりあなたのことが気づかわれて、淋《さび》しさなどにひたる閑《ひま》もありませんでした。いっそあの時、あなたもわたくしも命を落としていたなら、今日の悲しみにはあわなかったものでしょうに。

思い乱れる耳に夜風まで荒々しく吹きつのるのが聞こえてきます。夜詰めの女房たちに心配させまいと寝がえりも打てず、身を硬くして、ただもう袖に涙を吸いこませるばかりで、はや暁の鶏《とり》の声が聞こえてくるのでした。

「ひどく長く待たせるじゃないか。すっかり軀が冷えきってしまった。さっきからずっと格子を叩いているのに誰も開けないなんて」

「少しは意地悪をしてあげなければ」

という声は中務のものでしょう。

いきなり、わたくしの夜着をひきのけてあなたは横にお入りになりました。涙に濡《ぬ》れた袖をあわててかくし、わたくしは身を硬くしていました。

「明け方の夢にあなたが現れて、心配でたまらず、向こうの女房たちの思惑などかまっていられなくて、こんなに早くそそくさ帰ってきたのですよ。それなのに女房たちが意地悪してなかなか戸を開けてくれないので、ほら、こんなに冷えてしまった」

そういってわたくしの手をとり、御自分のお軀に触れさせようとなさるのです。それをふり払って、わたくしは背をむけて身を硬くしました。わたくしのものではない甘い香の匂いが、あなたのお肌からただよってきます。

その日は終日、あなたはわたくしの側《そば》につきっきりで機嫌をとり、あちらへは、

「今朝の雪で気分が悪くなりましたので、気楽にできるところで休んでいます」

と、お手紙を届けられました。

「せめてしばらくは、義理にもつとめなければと思っていたが、それができない。辛いものだね、義理というのは。なにしろ、あんまり幼くて、たわいなくて」

など、姫宮の御不満を洩《も》らされようとなさる口を、わたくしは掌でふさいでしまいました。

「わたくしが引き止めているようにとられるのはいやですから、さあ早くいっておあげなさいまし」

と、せきたてるのでした。

その日は終日、わたくしは心を強くして、あなたの愛撫を拒み通しましたので、あなたは困り果てたような様子をつくり、わたくしの側から片時も離れませんので

した。

「今度のことで、かえって、あなたの魅力を改めて見直したのだから、あなたも姫宮を許してあげてください」

「どうして姫宮を許せなどおっしゃるの。はじめから、わたくしはあなたを恨みこそすれ、姫宮などはお可哀そうと思うだけですわ。しいてお恨みするというなら……」

「誰」

「わかっていらっしゃるくせに」

「朱雀院なのだね。あなたの立場からはそうでしょうね。不思議な因縁で、腹ちがいの兄弟とはいえ、お互いはとても好きなのに、まわりの人々のはからいで、うまくいかなかった。なんといっても、わたしが朧月夜《おぼろづきよ》の君とあんなことになったので、わたしとしてはいつでも朱雀院には借りがあるようで弱いのです。その上、院は朧月夜の君も許してくださったし」

「でも、だから不思議だと女房たちは申していますわ。御自分の愛する女をあなたに盗まれて、恨みもあるだろうに、そのあなたに姫宮を託すなんて、常識じゃ考えられませんわ。どういうお心なのかしら。噂では、院はあなたと若い頃、契ってもいいとお思いになったそうですよ」

ました。

「まさか」

あなたは打ち消して笑い、

「さあ、もういい加減に機嫌を直してください。でないと、わたしはもうここに居られないと思い、あちらへ行ききりになりますよ」

など、痛いところをつき、とうとう、わたくしの軀を開かせておしまいになりました。

三日も夜離《よが》れがつづいたことは、須磨の時以外、ただの一度もなかったのでした。わたくしは自分の心とは別にかわいていた軀が喜びに震え、しとどに濡れるのを恥ずかしいと思いながら、いつかもうこの日頃の苦しみも悩みもすべてを忘れはて、十三、四の娘の頃にかえって、あなたの胸にひたすらすがっていたようです。

深い眠りから覚めたら、あなたは姫宮からのお手紙を読んでいらっしゃいました。さり気なく覗くと、たどたどしい子供らしい字で、

はかなくてうはの空にぞ消えぬべき
　風にただよふ春のあは雪

とありました。お可哀そうに。

解　説

尾崎左永子

私の記憶に誤りがなければ、瀬戸内さんが小学館の『本の窓』に『女人源氏物語』を最初に執筆されたのは、六条御息所《ろくじょうのみやすどころ》の心理を内側から描いた「みをつくし」であったように思う。連載というより、読切りの感じのすぐれた一篇で、高貴の女性の抑えに抑えた恋の妄執、嫉妬の炎をみごとに描き切っていた。これは『源氏物語』の単なる翻訳やダイジェストではなく、まぎれもなく源氏の世界を借りた瀬戸内寂聴の「創作」である、というつよい印象をもって読んだのを今も覚えている。

この一篇は、幸田弘子《こうだひろこ》さんの朗読で放送され、芸術作品賞の候補になって、たまたま審査委員だった私は、この作品が文字を消した「音」としての文学としても、イメージのふくらむ、高い完成度を具《そな》えているのに改めて感心させられたのであった。

『源氏物語』は、今から千年もの昔に書かれたものでありながら、人間同士の微妙な心理の襞《ひだ》を照らし出し、それは現代人の心理と少しも変らないのにしばしば驚かされる。男と女の間の心理、女と女の間の心理が、さりげない一語一語の間から立ちのぼり、ふしぎな光と翳《かげ》をつくり出す。

「物語」とは、一般には筋のある説話を書いた草子、巻子《かんす》の類をいうが、もともとは文字通り「ものを語る」のであり、王朝時代でも女たちが絵草子や絵巻をひろげて見ている傍らで、それに合わせて一人が物語るのを聴く、という形がふつうに行われていた。一種の紙芝居のような感じだが、考えてみれば、現代のテレビのようなもので、映像文化のハシリのようなところがある。「語り」なのだから当然、ことばのリズムや音感が美しくなければならないし、文章にメリハリがなければ読む側の息づかいに無理が生じる。

『源氏物語』が千年もの永い歳月にさらされてもなお、少しも古びないで新鮮なのは、古今不易の男女の心理をしっかり捉えているところや、「声を出して読む文章」として、いかにも成熟した、大人の文章であるところなどが大きく作用しているのだろう。

瀬戸内さんの『女人源氏物語』には、その両面がみごとに受け継がれている。むろん、『源氏物語』には、それ以外のさまざまな要素があって、たとえば四季のうつろいの細やかさ、色彩や香りや音楽に関するすぐれた文化性、絵画や書、紙などに対する批評眼などなど、語りつくせないほどの王朝文化の粋が、しっかりとその底辺を支えている。しかしその中で、「女の眼《め》」からみた心理の照りかげりと、読み易《やす》さとに焦点がしぼられていることに、私はまた感服してしまう。あれだけ厖大《ぼうだい》なものをこのような形に切りとり、まとめる手腕と決断が、この作を成功させたのだ、と思うのである。

＊

この第三巻に収録された部分は、光源氏《ひかるげんじ》がすでに功成り名遂げて、六条院《ろくじようのいん》に理想的な邸《やしき》を造営してのちの巻々である。物語に基づいて六条院の復原図を作られたのは玉上琢彌《たまがみたくや》氏であるが、最近それを元にして、ある建設会社がコンピューターグラフィックスによる立体図を作り上げた。それを見ると、この巻々の中で人々が繰りひろげたさまざまな心の哀歓が、いっそう立体的に感じられるような気がする。

六条院は四季の町（区画）に分けられ、東南の春の町には紫上《むらさきのうえ》、西南の秋の町には秋好中宮《あきこのむちゆうぐう》（六条御息所の遺児）、東北の夏の町には花散里《はなちるさと》、西北の冬の町には明石の御方《あかしのおんかた》が互いに住みわけている。

春の町に住む紫上は「春の上」ともよばれ、春の町の女主人として皆に大切にされているが、住んでいるのは春の町の中心にある寝殿ではなく、東《ひがし》の対《たい》である。寝殿の方は光源氏の住居である。「上」(女主人)とよばれる紫上もじつをいえば誰もがみとめる正妻という格には適していないのである。幼女のころから光源氏にひきとられて養育され、やがて妻となるが、正式の婚姻の手続きを踏んでいない。それでも、須磨流謫《すまるたく》のころに、立派に留守を守ったことで、人々の尊敬を集め、正妻としての実力を十分に積み上げ、自らその地位をかちとったのである。

漸《ようや》く地位も定まり、中年の充実した暮しに入ったころ、思いもかけず、その幸せに打撃が加わる。身分高い朱雀院《すざくいん》の皇女女三《おんなさん》の宮《みや》が降嫁してくる。ちょうどこの巻に描かれている「若菜」「女三の宮」の部分である。女三の宮は、春の町の寝殿の西表にその居を与えられる。東の対でなく、寝殿であるところに女三の宮の格の高さが無言の内に語られている。愛情の深浅はともかく、世間の眼は女三の宮を正妻として扱わざるを得ない。

現代のように、婚姻届のハンコ一つで正妻の座が確保できるわけではないから怖《おそ》ろしい。まして、六条院の四季の移ろいの中で華麗に繰りひろげられる美しい巻々の後に、いきなりこの悲劇は設定されている。その紫式部の構成力はもっと怖ろしい。

大体、紫式部という人は、ほんとに怖い人だと思う。『源氏物語』を読めば読むほど、意地悪な人だと思う。じーっと眼を凝らして人間の心の底を観察しているようなところがある。いつも控え目で、何も出来ないような顔をして、そのくせ勝気で自信家である。『紫式部日記』には、道長《みちなが》らしい人が、自分の部屋の戸をひそかに叩《たた》くのに、知らん顔をして開けなかった、とある。権力のある男性から言い寄られた誇らしさと、それを拒んだ自分の誇らしさがにじんでいる。また、奈良から八重ざくらのみごとな花枝が献上されて来て、一条帝《いちじようてい》と彰子《しようし》中宮の御前へ運ぶ役を云《い》いつかったとき、紫式部は、今参り《いままい》（新参）の伊勢大輔《いせのたいふ》にその役を譲っている。

こういう時には歌の一首も詠むものだよ、と道長に云われて、若い伊勢大輔は咄嗟《とつさ》に、

いにしへの奈良の都の八重ざくら
けふ九重に匂ひぬるかな

と詠じて、大いに面目を施した。紫式部はいかにも新参の若女房にやさしいようにみえるが、いや、待てよ、と私は思ってしまう。伊勢大輔は代々有名な歌人の家柄で、歌が巧みなのは周知のこと。紫式部は物語では右に出る人はいないが、

歌にはいま一歩、自信がなかったのだろう。『源氏物語』は「歌物語」であるから、和歌を除いては成り立たない面があり、紫式部は場面場面にじつに巧みに歌を挿入している。しかし、情感はちょっと足りない。和歌作者としては、和泉式《いずみしき》部《ぶ》や伊勢大輔の資質に負けている。要するに頭脳的な歌なのである。だから、この時も、伊勢大輔に花道を譲って、自ら恥をかかないように心がけたのかもしれない。しかし、そういう欠点を自ら知っているというところがまた凄《すご》い。

ともあれ、此《こ》の世にもし紫式部が生きていたとしても、私は友だちにはなりたくない。いつも心理を観察されているみたいで、おちつかないだろうと思うのである。しかし、『源氏物語』という作品への尊敬、それを書いた紫式部への尊敬は、誰にも劣らず深い。紫式部は好きになれない、といって、私は永いこと『源氏物語』を敬して遠ざけていたのであるが、縁があったのか、『源氏物語』の講義をひきうける羽目になったのをきっかけに、とうとう虜《とりこ》となり、源氏に関わる著作も五冊を超えてしまった。それでもちっとも倦《あ》きない。たぶん、死ぬまで倦きないだろう。おそらく瀬戸内さんも、これからのちもまだ『源氏物語』から離れられないにちがいない。今後の『源氏物語』に関わる作品を期待している。

＊

私が『源氏物語』にふれたのは、小学校五年生のとき、『少年源氏物語』（金蘭社）という本を母が買ってくれたのが最初だった。実によく出来た本で、「光の君と輝く日の宮」などという見出しがついていて、私は夢中になって読み耽《ふけ》った。その後東京女子大に入ったころは戦争が激しくなっていて、藤壺《ふじつぼ》と源氏の不倫など、教室で講義出来ないという奇妙な雰囲気であった。しかし、筋をほとんど知っていたせいで、先生が口に出せない部分を補って聞くことができた。瀬戸内さんは東京女子大の先輩だが、それでもおそらくは、すでに軍部の規制のあるころだったのではあるまいか。私などは、空襲警報が鳴るとそれっとばかり、『源氏物語湖月抄《こげつしょう》』を片手に地下食堂に避難して、ひたすら読み耽った。ふだんは学校工場で働いているから、本を読む時間が貴重だったのである。

あの頃のことを思うと、現代はほんとうに幸福な時代である。何の規制もなくこの偉大な古典文学を読むことができ、しかもこの『女人源氏』のように、新しい照明によって物語の真髄にふれることさえできるのだから。

おもしろいのは、例えば「常夏」の近江《おうみ》の君《きみ》、私はこの〝困った子チャン〟が大好きなのだが、原典には出て来ない生活背景を具体化して、その幼名を「ちどり」仇名《あだな》を「あかつきの君」、幼なじみの寺大工ひょう太など、全くの創作をとり入れながら、原典の味をじつにうまく生かしている点である。近江の君の名から琵琶湖《びわこ》を、そして夕波千鳥の歌を連想しての命名であろうが、そのあたりがまことに奔放自由でしかもいきいきしている。作家瀬戸内寂聴は、決して『源氏物語』をなぞっているわけではないのだ。

戦争中の『源氏物語』への規制の一方で、『源氏物語』を大切にするあまり、神聖視してむやみに触れられないような雰囲気の時代もあった。しかし、今は、好きな人が好きなように近づいて、このすばらしい古典に自由に触れることができる。この豊醇《ほうじゅん》な『女人源氏物語』も、今だからこそ書けたのである。その幸せを、多くの人々にぜひ心から味わっていただきたいと思う。

（おざき・さえこ　歌人）

※一九九二年刊、集英社文庫より再録

決定版解説

角田光代

源氏物語の現代語訳をする際に、私がもっとも苦しんだのは立ち位置を決めることだった。この長い長い物語の、どこを自分の足場にするか。谷崎潤一郎《たにざきじゅんいちろう》氏をはじめとして、そうそうたる作家がすでに源氏物語を訳しているが、その作家たちにはすべて明確な立ち位置がある。

立ち位置というのは、つまり源氏物語のどこを愛しているか、ということになると思う。雅《みや》びやかな平安王朝を愛しているのか、宇治十帖《うじじゆうじよう》への変調を愛しているのか、紫式部《むらさきしきぶ》の異様な才能を愛しているのか。その愛があるから、作家たちは訳したいと思うのだし、何年も費やして訳すのである。私の場合は自分で訳したいと思ったわけではなく、依頼を引き受けたかたちだったから、その愛の置きどころを見つけるのに苦労したわけである。

瀬戸内寂聴さんが、源氏物語の何を愛したかというのが、多くの訳のなかでもっともわかりやすいと私は思う。それはそのまま、この『女人源氏物語』にあらわれている。とはいえ、この『女人源氏物語』は、現代語訳ではなく、源氏物語をベースにした完全な創作小説である。

登場する女性たちの語りによって、物語は紡がれていく。姫君の近くにいる侍女が語り、女房が語り、登場人物たちが語り、ときに死者が語る。男は語らず、語るのは女だけである。原作とは章立ても異なるし、原作には存在しない章もある。しかしまったくの創作ではなく、原文訳も絶妙にまざっている。この手法は、瀬戸内寂聴という作家の発見である。

光源氏《ひかるげんじ》は源氏物語の主役であるが、女たちの語りのなかで、強大な存在感を持っていない。もちろんずば抜けてうつくしく、魅力にあふれた男性であることは描かれているが、人として描かれているというより、女たちに苦しみを与える大いなる何か、であるような印象がある。主役はあくまでも「女人《にょにん》」なのである。そう、瀬戸内寂聴さんが書きたかったのは光源氏ではなく、物語そのものでもなく、ここに登場する幾多の悩める女たちだったのだろう。悩ませる原因は光君《ひかるのきみ》であり、宇治十帖では薫《かおる》と匂宮《におうのみや》ではあるが、女たちのありようが強すぎて、男たちの存在はのまれてしまうかのようだ。生と性に悩む女性たちを書きたくて、この独自な方式を作家は発見したのだと思う。

自分が現代語訳をするにあたって、さまざまな現代語訳を取りそろえ、この

『女人源氏物語』ももちろん手元に置いたわけだが、ほかのものは読んでもこれを私は読まなかった。『女人源氏物語』と、漫画作品『あさきゆめみし』は読まなかった。読んではいけない、という予感がしたのである。

現代語訳を終えて、ようやくどちらも読んだわけだが、私は自分の予感を心の底から褒めたくなった。読まなくて正解だった。

どちらの作品も、作家自身がいったん原作を咀嚼《そしゃく》し、咀嚼しただけでなく自身の血と肉にし、そのうえであらたに物語を編みなおしている。原作の読みづらいところ、わかりづらいところ、退屈なところ、つじつまのちょっとあわないところなどを、みごとに編みなおし、みごとな創作でおぎない、なおかつ原作の色を失わず、もっと濃くしている。

さらに、この「女人源氏」は、登場する女性すべてが、あまりにも強烈に個性的で、原作には書かれていない感情も、あまりにも自然に彼女たちひとりひとりのものとして描かれているので、もし現代語訳に入る前に読んでいたら、映像を見たかのように彼女たちが浮かび上がって、私はそこから離れることができなかっただろう。書かれていない感情をも勝手に読み取っていただろう。だから、読まなくて正解だったのだ。

瀬戸内寂聴さんは、心理学者の河合隼雄《かわいはやお》さんとの対談（『続・物語をものがたる』小学館)で、「瀬戸内さんは(中略)どの登場人物とも近いという感じです」と言う河合さんにたいして、「全部、分身なんですね」と答えている。これは、登場する女性たちは全員紫式部の分身、という読みかたもできるが、この「女人源氏」を読んだあとだと、本当に全員、瀬戸内寂聴という人の分身に思えてくる。そのくらい、すべての女性に激しく生々しい息づかいがある。

この三巻では、亡き夕顔《ゆうがお》に仕えていた右近《うこん》が「玉鬘《たまかずら》」「藤袴《ふじばかま》」を語り、玉鬘自身が「蛍」を語る。明石上《あかしのうえ》が「初音《はつね》」を語り、紫上《むらさきのうえ》が「梅枝《うめがえ》」と「女三《おんなさん》の宮《みや》」を語る。女三の宮の乳母《めのと》が「若菜」を語る。さらには近江《おうみ》の姫君が「常夏《とこなつ》」を語り、紫上が「双華《そうか》」という原作にはない章を語る。

クローズアップされるのは、女たちの苦しみである。紫上も明石の君も私はよく知っている気になっていたが、「心のなかではこんなに傷つき、こんなに他者を恨んでいたのか!」と驚いた。とくにこの三巻での紫上の感情の激しさは痛々しいほどだ。玉鬘に嫉妬し、明石の君を憎み、藤壺《ふじつぼ》や朧月夜《おぼろづきよ》への憎悪をあらわにし、そこへきて女三の宮の登場である。

女たちの苦しみ、恨み、憎しみの元凶は、愛である。精神面の愛と、肉体的な愛の行為である。

それが当時の女性が生きるすべでもあった。父親か夫か愛人か、だれかに拠《よ》って立つことしか生きるすべはなかったし、その父か夫か愛人かは、権力と地位と経済力を持っていればいるほどよかった。だから女たちはほかの女たちより愛されようとする。愛には比較がつきまとう。

先ほどの対談のなかで、瀬戸内さんは、

「かわいそうですよ、当時の貴族の女性たちは。女房が男を手引きしたらそれっきりなんですから。男たちは女房に賄賂をやるし、女房とも関係していますからね。女房を自分の女にして、それで姫君のところへ連れていかせる」と語っている。つまりこの時代の女性たちは、女房が男を引き入れてしまえば、あとは身をまかせるしかない、それがかわいそうだと言っている。だからこの作家は本書で、その気の毒な女たちに、現代人が持つのと同じ「個」をあたえ、その個が受け取る「性のよろこび」をあたえた、と私は考える。この点が、『女人源氏物語』の特徴であり、瀬戸内寂聴さんらしさであると思う。

原作では性行為は微妙にぼやかされ、直接的には描かれていない。だから、この二人は「いつ」性交したのか、あるいはしなかったのか、ということが大まじめに研究されたり議論されたりする。それが、この女人バージョンにはじつにはっきり描写されている。

光君に添い寝をされてショックを受ける玉鬘が、女房の手引きによって髭黒《ひげくろの》右大将《うだいしょう》に奪われてしまうところも、残酷なまでに描かれる。「可哀《かわい》そうに」と、光君でなくても言いたくなってしまう。そして処女でなくなったゆえににじみ出る女らしさに、光君はあらためて魅力を感じるのである。

明石の君は、自身の産んだ姫君を紫上に取り上げられて、出家を決意するほどに苦しむ。けれど光君の「蜜のように甘い愛のことばとこまやかな愛撫《あいぶ》で、怨《うら》みも憎しみもすべてとかしさられ」てしまうのである。だから子を奪われてからの明石の君は、その「屈折した心の鬱屈が、抱かれた時にあふれだし」、光君との共寝のときには「つつしみも理性も裂き破ってしまうよう」に「はしたない荒れ方」をするのである。

そんな明石の君だから、光君と花散里《はなちるさと》とのあいだに体の関係がないということが信じられない。「女として愛されないで、どうして男のあわれみや庇護《ひご》の中に身がおけるのでしょう」、「花散里の方には、自尊心というものがみじんもないのでしょうか」という感想になる。

ちなみに花散里は、この三巻のなかでかなり馬鹿にされている。光君に女として求められないことを、よく平然と受け入れられる、というようなことが、さまざまな女たちの思いとして描かれている。瀬戸内さん本人も、件《くだん》の対談のなかで「花散里なんていうのは、どこがいいのかと思う」「花散里というのは印象が薄い」と言っているのが興味深い。性の対象として見られない、ということは、作者のなかでも、「女人源氏」のなかでも、存在価値がないのと同義なのである。

　さて、最上級に悩み、自身の嫉妬心に苦しめられるのが紫上である。彼女は「梅枝」で回想する。はじめて自分たちが男と女の関係になったのは、光君が正妻を失った直後だったこと。そして退居した須磨《すま》から、明石の君のことをほのめかされたときの、食を断つほどの絶望。

　そうして、明石の君が娘を産んだと聞いたとき、出家しようと切望しつつしなかったのは、「明石の君への復讐《ふくしゅう》が出家してはできない」からだった、と紫上は読者の前で告白する。彼女は、朧月夜にも六条御息所《ろくじょうのみやすどころ》にも嫉妬はしない、けれど明石の君も朝顔《あさがお》の前斎院《さきのさいいん》も嫌いだと言う。私はこれは、紫上のなかの、作者である瀬戸内さんの分身が言っているのではないかと思ってしまう。作者は、行儀良く駆け引きをしたり、欲望をおさえこむ女が嫌いで、濁流のような性愛にのみこまれ、我を失い、苦しみあがく女性が好きなのだ。いや、女ならばそうあるべきだと言いたいのではないか。

「子供のない男女の愛欲の果てなどなんと淋《さび》しいものか」と嘆き、出家したいと訴える紫上だが、明石の君と同様に、光君の「甘い愛撫にとかしこまれて、出家とはおよそ縁遠い愛欲の美酒を、あびるほど飲まされつづけ」ていくのである。

女三の宮のとつぜんの降嫁によって、紫上は今までにないほどに打ちのめされる。結婚したら男は三日間女性のもとに通うという習慣のため、光君は三日は女三の宮のもとにいく。もし宮が自分より藤壺に似ていたらどうしよう、そちらに惹かれたらどうしよう、という不安のなか、自身と光君の性交の手順を思い起こしては、宮と光君の姿態がありありと思い浮かんで苦しむのである。

「嫉妬は愛の証」「自尊心も嫉妬も、同質の女の性」と紫上の言葉にあるが、作者はまさに、そこをこそ描きたかったのだと思う。それぞれの身分の女たちの、それぞれの自尊心と、それぞれの嫉妬を。それを書くために、作家は女性たちに性のよろこびをあたえた。個と個がまじわることでしか生まれない性愛にからめとられた女たちは、そのよろこびが得られないことで傷つき、自分以外の女がそのよろこびを得ていると具体的に想像して苦しむ。

私が源氏物語を訳すと決まったとき、寂聴先生が会いたがっていると共通の知人から聞いて、江國香織さん、井上荒野さんとともに寂庵にうかがった。お二人は先生と親しいが、私は初対面だった。源氏物語のことに話が及ぶと、「私は源氏物語の現代語訳をやるためにマンションを購入し、そこに歴代の恋人の写真を飾った、そうしたら部屋が校長室みたいになったのよ」とおっしゃって、私たちを笑わせてくださった。

歴代の恋人たちに守られながら執筆しようと思った、

ということだった。今、そのことをなつかしく思い出し、やはり源氏物語は寂聴先生にとって男と女の物語であり、愛された女のよろこびと、愛を知ったゆえの苦しみの物語なのだとしみじみと思う。

最後に。私はこの三巻で、近江の君の語る「常夏」が出色だと思った。原作では、玉鬘との対比として、まるで三枚目役のようにちらりとしか出てこない姫君だが、この章では主役である。私はこの姫君が、どこか憎めなくて大好きなのだが、この「常夏」では彼女がこんなにも生き生きとたちあらわれて、ここでは作者の筆が奔放に走り出すようで、読んでいて気持ちがよかった。貴婦人、貴公子の親族にからかわれ、馬鹿にされ、彼女はある決意をするが、それは、この物語に登場するどんな女君《おんなぎみ》もできないことである。すべての女君たちは、文字どおり自身のすべてを用いて男性に庇護していてもらわなければならないが、この姫君は違う。私はこの姫君が、女性にとっていかに不自由な時代であったとしても、何かひとつあらたな扉を開けてくれたような気さえした。物語の終盤に登場する浮舟《うきふね》に、こんな生きかたもあるんだよと、つい言いたくなってしまう。

（かくた・みつよ　作家）

集英社文庫

決定版《けっていばん》　女人源氏物語《にょにんげんじものがたり》　三

2023年12月25日　第1刷　　定価はカバーに表示してあります。

著　者　瀬戸内寂聴《せとうちじゃくちょう》

発行者　樋口尚也

発行所　株式会社　集英社
東京都千代田区一ツ橋2-5-10　〒101-8050
電話　【編集部】03-3230-6095
【読者係】03-3230-6080
【販売部】03-3230-6393（書店専用）

印　刷　図書印刷株式会社

製　本　図書印刷株式会社

フォーマットデザイン　アリヤマデザインストア　　マークデザイン　居山浩二

本書の一部あるいは全部を無断で複写・複製することは、法律で認められた場合を除き、著作権の侵害となります。また、業者など、読者本人以外による本書のデジタル化は、いかなる場合でも一切認められませんのでご注意下さい。

造本には十分注意しておりますが、印刷・製本など製造上の不備がありましたら、お手数ですが小社「読者係」までご連絡下さい。古書店、フリマアプリ、オークションサイト等で入手されたものは対応いたしかねますのでご了承下さい。

© Yugengaisha Jaku 2023　Printed in Japan
ISBN978-4-08-744597-8 C0193